ガラシャの祈り

三浦綾子著『細川ガラシャ夫人』に拠る

横島昇

未知谷
Publisher Michitani

目次

時及び所　十六世紀後半から十七世紀初頭にかけての日本

登場人物

玉子（細川ガラシャ夫人）
細川忠興　玉子の夫
細川藤考（幽斎）忠興の父親
細川興元　忠興の弟
明智光秀　玉子の父
明智弥平次　光秀の従弟
高山右近　高槻城主
小笠原少斎　細川家重臣
河喜多石見　同（元明智家重臣）
松井康之　同
稲富鉄之介　同
有吉　同
舘林　同
初之助　細川家家臣（元明智家家臣）
道鬼斎　細川家の密偵
多羅　玉子の娘
万　同
咲　味土野の村民
高井コスメ　イエズス会修道士
セスペデス　同神父
美和　同信徒
うごん　石田三成方の比丘尼《びくに》
千世　忠興の嫡男忠隆の妻
清原佳代　玉子の侍女
糸　同
霜　同
加賀　同
澄　同
夕　同
佐保　千世の侍女
他に玉子の侍女十余名

ガラシャの祈り

――三浦綾子著『細川ガラシャ夫人』に拠る

一（序幕）

慶長五（一六〇〇）年陰暦七月十七日昼下がり。大阪・玉造の細川邸奥座敷。本幕及び第三幕第一場で玉子が高山右近の篠笛《しのぶえ》で聴く賛美歌「救贖《きゅうしょく》」の内容は、バッハの『マタイ受難曲』中のアリア「憐れみたまえ」とする。

うごん　奥方殿は一体いかがなされたのじゃ。火急の用と申しておるに、随分お待たせになるものじゃ。そちは間違いのう取次いでくれたであろうのう。

佳代　それは確かに。お方様はただいまお留守居役の小笠原小斎様たちとご談義中でございまして、お話が了《お》わり次第お出ましになるものと存じます。申し訳ございませぬが、今しばらくお待ち下さいませ。

うごん　奥方殿が小笠原殿等と談義をのう。石田殿の本日の挙兵、奥方殿にはさぞ愕きのことであったろう。それで奥方殿は、わたしの言を素直《すなお》にお聞き入れ下さる風か？

佳代　さあ、いかがでございましょう。わたくしに、お方様のお心のうちまでは。

うごん　……同じ豊臣家五大老の一人上杉景勝殿を討つなどと、家康殿も愚かなことを思いつかれたものじゃ。会津に出陣などせず、大阪で大人しゅう政務に励んでおればよいものを……

佳代　ようは存じませぬが、何でも、徳川様は、上杉様には豊臣家への逆心ありと断じられたとか。

うごん　どうせ誰かの讒言《ざんげん》じゃ。上杉殿はもともと越後のご領主、会津に移られたのは一昨年のことではないか。長らく京にあった上杉殿が、久しく留守にしていた己《おの》が領地で、居城《しろ》に手を入れ、橋や要路を整え、兵糧《ひょうろう》や兵士《ひと》を集めたとて、それに何の不思議があろう。そのようなことはすべて、領主たるものの当然の務めではないか、そうであろう。

佳代　…………

うごん　それを、利家公がお亡くなりになったのをよいことに、家康殿は大老の地位を利用して、天下をわがものにしようと、自分の意に順《したが》わぬものを、もっともらしい口実を設けて次から次ぎ滅ぼそうとしておるのじゃ。自分に随順する諸侯を使ってな。この細川の家も、そういう家康殿の陰謀《たくらみ》にすっかり巻き込まれてしもうたと見える。本音を申せば、多くの家臣を引き連れて、はるばる会津へなど、忠興殿も向かいとうはなかったろうに。家康殿の人質として、江戸の徳川邸におるのは次男の興秋殿であったかのう？

佳代　いいえ、興秋様は殿やご嫡男の忠隆様とご一緒にご出陣あそばしました。江戸にいらっしゃいますのは、ご三男の忠利様にございます。

うごん　おお、そうであったか。じゃが、いずれにしても愛し子を人質に取られては、忠興殿も家康殿に逆らえぬ道理じゃ。奥方殿も大切な男子《おのこ》がすべて遠く家康殿の手中にあっては、心中穏やかではおられんだろうにのう……

佳代　それは仰せのとおりでございましょう。お方様は、殿と若君のご無事をいつもお祈りのことと存じまする。

うごん　家康殿も、またその命令《めい》に服した忠興殿も、その機略縦横《きりゃくじゅうおう》ぶりが仇となって諸侯の不興を買い、佐和山に謹慎となった石田殿がかよう挙兵致すとは、ゆめ思わなんだに相違ない。まこと、家康殿は早まったことをしたものよ。こうなっては、家康殿は、言わば、上杉勢と石田勢との挟み撃ち。家康殿には残念ながら、万に一つの勝ち目もない。今日のこの石田殿の挙兵、恐らくまだ家康殿の耳には届いておるまいが、石田勢が自分の背後を衝《つ》くなどまさに青天の霹靂《へきれき》、ことの次第を知れば、その衝撃に総大将以下徳川勢は一気に戦意喪失、徳川殿の命令《めい》に順った諸将はなべて己れの愚かしさを嘆くであろう。……して、忠興殿がこの玉造の屋敷を発たれたのはいつのことじゃ。

佳代　たしか、先月の二十日であったかと。

うごん　ここから直ちに会津に向かわれたのではのうて、忠興殿は一旦丹後に下られて、出兵は宮津からなさったのであろうのう。

佳代　お察しのとおりと存じます。大殿様のご配下を引き連れてのご出陣ゆえ。

うごん　なるほどのう。して、出立はいつであった？

佳代　さあ、それはわたくしには。ですが、いずれにしても、先月末にはご出兵のはずでございます。たしかお方様がそのように仰っておいででした。

うごん　それで、幽斎殿は今も宮津に？

佳代　その辺りのことは、わたくしには何とも。大殿様のご配下が殿様直属のご家来衆と合流なさったのは宮津と伺っておりますが、大殿様はその後、あるいはお住まいの田辺城の方にお引き上げになったのかも知れませぬ。まさか殿のご出陣後、かような事態になろうとは、思ってもいらっしゃらなかったことでございましょうから。

うごん　……細川家の家臣の大方は会津に向かったことであろうから、領内の者をことごとくかき集めたとて、幽斎殿の許には、兵はもういくらも残ってはおるまい？

佳代　そうでございましょうね。詳しくは存じませぬが、この度の上杉攻めについては、できる限りの兵を出せとのお達しが、徳川様よりあったそうにございますから。

うごん　先程そなた、ただ今奥方殿は小笠原殿等とご談義中と申されたが、主人《あるじ》不在のこの邸《やしき》を護る家臣は、一体どれだけおるのじゃ？

佳代　小笠原様はじめ十名ばかりの者が、目下殿のお留守を預かっております。

うごん　それればかりの少人数でのう……。事態がかようなことと相成っては、それしきの警護では、知れば忠興殿もさぞや不安に駆られることであろう。先だってより世の動きが急に険しゅうなってきたのはこのわたしにも察せられたが、よもや今日、石田殿が家康殿討伐の兵を挙げるとは思わなんだ。かくなる上は、奥方殿には一刻も早うこの邸を出て、どこぞ安全なところに避難されることじゃ。この度忠興殿が家康殿の命令《めい》に順うたは事実なれど、それも致し方のない事情があってのこと、石田殿も、その辺りのことはよく存じておられよう。日頃は忠興殿の武勇を褒めておいでの石田殿のこと、奥方殿さえ素直に石田殿の言葉に順えば、この細川家を滅ぼすような無体なことはなさるまい。どうかそのことを、そなたからも、奥方殿にな。聞けばそなたは、侍女とは申せ、奥方殿とは、丹後の味土野でも苦労を頒《わか》ちあった、姉妹《きょうだい》のような間柄と申すではないか。言われてみれば、評判どおり、奥方殿とそなたは、その顔立ちもほんによう似ておるに。

おのが妹とも思うて信をおくそなたが口添えすれば、奥方殿もこちらの申し出をご承服になろう。お頼み申しますぞえ。事は急を要しますのじゃ。

佳代　わたくしのようなものが、お方様と姉妹の間柄などとはいかにも畏れ多いこと。わたくしは、お方様にお仕えする一介の侍女にすぎませぬ。ご無礼故、どうかそのような物言いは、これを最後にして下さいませ。ご承知のように、お方様は人並み優れてご聡明な方、わたくしごときつまらぬものがわざわざ口出しなど致さずとも、殿のご内室として、ご自分の身の処し方は充分心得ておいでのはずにございます。口添えなど滅相もないこと。わたくしの務めは、お方様がたとえどのようなご判断を下されましょうとも、侍女として、あくまでそのご判断に付き随うてゆくのみにございます。おお、あちらにお方様の足音が……。小笠原様たちとのご談義がようやく了わったものと存じます。

（佳代は席をはずし、襖の傍に坐して玉子を迎えようとする。しばらくして、二人の侍女をともない、玉子登場）

玉子　うごん様、長らくお待たせ致して、申し訳ございません。留守居役の者たちと、取り急ぎ談義せねばならぬことなどございましたもので……。ご無礼の段、どうぞお赦し下さいませ。

（玉子が席に着くと、佳代は玉子とうごんに深々とお辞儀し退出）

うごん　わたしが今日あらためて奥方殿を訪《おとな》った理由《わけ》は、申さずとも解っておられようのう。
玉子　一刻も早う、この邸を出よとのお話でございますか？　一昨日と同じように。
うごん　仰せのとおりじゃ。本日石田殿が家康殿征討の兵を挙げられたことは、すでに存じておられよう。此間《こないだ》は前夜、大阪城内に不穏な動きありとの報に接し、にわかに奥方殿の身の上が心配になり、あわててお目通りを願うたわけじゃが、恐ろしいことに、予期したよりも早う、わたしの不安が現実のものとなり申した。奥方殿、わるいことは申しませぬ、一刻も早うこの邸を出て、大阪城に参られませ。それが、身のためお家のためでございまするぞ。忠興殿とて、大阪に残した奥方殿にもしものことがあれば、どれほどお嘆きになることか。
玉子　ではこのわたくしに、どこまでも石田様の人質になれと。
うごん　左様じゃ。もっとも人質と申しても、あくまでそれは形だけのこと。忠興殿のご内室に、石田殿も断じて手荒なまねはなさらぬはず。いつ人質に取られるかと不安におののいておるよりも、早う石田殿に恭順の意を示された方が安心と申すもの。
玉子　わたくしには、石田様ともあろうお方が、主人《あるじ》不在の護りの手薄な邸に押しかけて、その妻を無理やり人質に取るというような、さような狼藉をはたらくとはとても思えませぬ。

うごん　されど、石田殿は今日兵を挙げられたのですぞ。戦時にあって、もし己れの手近に敵将の家族がおれば、まずはこれを人質に取り、相手を牽制するは戦争《いくさ》の定石《じょうせき》。その道理の解らぬ奥方殿ではありますまいに。

玉子　一旦戦争を始めたなら、勝利を得るため死力を尽くすのは当然のこと。さりながら、目的達成のためならいかなる手段に訴えてもよい、というものではございますまい。戦いにも常に、勝敗以上のものがあると存じます、換言いたせば、結果的な勝ち負けよりも、いかに戦うかの方が遙かに大事。そこには、人間《ひと》としての品位、徳がかかっているからにございます。徳川方に随《つ》いた諸将の大阪に残した妻子を人質に取り、たとえ勝利を収めたとて、さような勝ちがどれほど石田様の名誉《ほまれ》となりましょう。誇り高い石田様なれば、その辺の理《ことわり》はよくご存じのはず。わたくしが石田様の立場ならば、おのが名《めい》誉《よ》にかけて、そのような卑劣な策は弄《ろう》しませぬ。

うごん　されど、家康殿に与した諸侯の留守宅には、いずれ石田方から、妻子を人質に差し出すようにとの命令《めい》が下るというもっぱらの噂。現に加藤殿の奥方も、黒田殿の奥方も、また山内殿の奥方も、すでに邸をお離れになったとか。石田殿は確かにお心ばえの高い武将なれど、家康殿に戦いを挑んだ上は、ぜひともこれに勝たねばならず、この由々しき事態にあって、上杉攻めに加わった諸侯の妻子に、さような甘い配慮をなさるかどうかは疑問じゃ。どうぞお考えをおあらため遊ばして。

玉子　わたくしの申すは、決して甘い配慮などではございませぬ。いかなる事情、情況の下《もと》でも、人として守らねばならぬ戒《いまし》めのことをお話ししておりまする。それをなきがごとくに扱えば、勝利の意味さえもはやなくなってしまうような。

うごん　ご無礼ながら、これは光秀殿のご息女のものとも思えぬお言葉。奥方殿は、この乱世の実相がいかようなものか、知らぬとでも仰いますのか。いかに申されようと、一旦戦争《いくさ》を始めたなら、まずは勝利が第一。敗残の将となっては、一族郎党滅亡《ほろび》の道しか残されておらぬ故に。……のう、奥方殿、大阪城へはどうしても参ることができぬと仰るなら、お隣の宇喜多様にお匿《かくま》い頂いてもよいではございませぬか。細川家と宇喜多家とは、ご親戚でございましょう。この細川家同様、宇喜多家にも、亡き利家公の娘御が嫁いでおいでのはず。難を逃れるに、これほど相応しい処もございますまい。

玉子　たしかに秀家様のご内室は、前田利家公のご息女。わが子忠隆の妻千世殿は、その妹にございます。小路ひとつ隔てた近所とて、宇喜多様とは日頃親しくお付き合いさせて頂いております。されど、それとこれとは話が別にございましょう。

うごん　何故《なにゆえ》に？

玉子　宇喜多様は、石田様と心を同じゅうされている方ではございませぬか。さような処へのこのこ庇護を求めて出かけては、人質となるは必定。生きてさような辱《はずかし》めをうけとうはございませぬ。

うごん　ご家臣の他にも、この邸には、奥方殿の幼いお子たちや、いま申された忠隆殿の嫁御や、侍女たちも多数おられるはず。そういうか弱きものたちの身の上に思いを致すのが、主人《あるじ》たるものの義務《つとめ》ではありませぬか。そうはお思いにならぬかえ?

玉子　もしもの時は、千世殿だけは、宇喜多様にお預かり頂こうかと思っております。わが子や侍女たちについても、しかるべき処に避難させる所存にございます。されど、それは万が一のとき。わたくしはあくまで、石田様は田夫野人の類《たぐい》ではなく、あくまで気高い矜持をお有《も》ちの武人にあらせられると信じております。

うごん　この非常時に何という浅はかなことを。戯言《ざれごと》も大概にされるがよかろう。いま石田殿に逆らえば、先方は、武力に訴えても、奥方殿を人質に取ろうとするであろうぞ。この邸は、兵火に囲まれることともなろう。そうなっては万事休すじゃ。もはや意地を張るのはおやめなされ。察してもおろうが、戦争《いくさ》の帰趨《きすう》はもはや明らか。東に下った家康殿の命は、いまや風前の灯《ともしび》じゃ。かくなる上は、奥方殿も意固地《いこじ》にならず、このわたしの申すことをお従《き》きになるに如《し》くはない。

玉子　うごん様のお言葉に順《したが》いたいのは山々なれど、わたくしは細川忠興の妻、誰の言葉を従《き》くよりも、まず夫の命令《めい》に服さねばなりませぬ。殿はご出陣のとき申されました、いかなることがあろうとも、この邸を一歩も出てはならぬと。わたくしは妻として、あくまで殿のお言いつけを守る所存にございます。

うごん　奥方殿の振る舞いが意味を持つのは、あくまで忠興殿が凱旋してのこと。しかれども、時局に鑑《かんが》みれば、先にも申したように、その望みはきわめてうすい。このままこの邸にとどまったとて、それを褒めるものは誰もおらぬぞよ。ご決心をあらためられよ。

玉子　わたくしはキリシタンを信じるもの。聖書には、夫にはイエスの如く仕えよ、とございます。またそのキリスト様は、「人また吾に随わんと欲せば、おのれを捨て、おのが十字架をとりて吾に随うべし」とも仰っておいでです。わたくしは、たとえこの先いかようなことになりましょうとも、あくまで、夫の言葉、神の言葉に随いまする。

うごん　ええい、もうよい！　わたしも細川家の縁者ゆえ、ただ今当家にかかる黒雲が少しなりとも退《の》いてくれればとの一念から、かよう老残の身を二度までここに運んだが、どうもその甲斐はなかったようじゃ。どうれ、物騒なことにならぬうち、退散すると致そうか。奥方殿、ご多用中のところ、邪魔を致したな。どうぞ赦《ゆる》されよ。くれぐれもお身お大切にな。

玉子　うごん様もお達者で。この度は出にくいなかを、わざわざ有難う存じました。それではお輿まで、お見送り致しましょうほどに。

うごん　いえ、それには及びませぬ。奥方殿には、どうぞそのままに。

（うごん、腹立たし気に座敷を出てゆく。入れ代わって、小笠原少斎登場）

少斎　失礼つかまつります。（玉子の前に平伏）うごん様には、えらくご立腹のご様子でしたな。

玉子　細川の家のためを思うて来たと仰せでしたが、うごん様のこの度のご来訪、おそらく石田殿の内命を受けてのことでしょう。こうなっては、今日のうちにも、あるいは石田勢が押し寄せてくるやもしれませぬ。

少斎　ですが、いくらお方様を人質に欲しておられようと、あの石田殿が、いきなり兵をこの邸に差し向け、お方様を差し出せなどと無礼なことは仰りますまい。あの御仁も少しは礼儀の解る男にございます。まずは正式の使者をたて、ただ人質をとだけ申されましょうから、その折には、忠隆様と興秋様は殿と一緒にご出陣、利忠様は目下江戸の徳川邸におられる上から、差し出す方はございませんと、やんわりお断り致しましょう。

玉子　なれど、それでもたって出せと言われたときは？

少斎　はい、その折は、家臣の一存では事を運びかねる故、丹後の大殿様にご相談の上、そのお指図を待って、こちらよりご返事申し上げるとお応え申しまする。

玉子　……解りました。初めから、死んでも人質は出さぬなどと、いきり立つこともありますまい。では、そのようにおはからい下さい。いずれにしても、わたくしの心は決まっております故。

少斎　そうしてわれらが時を稼いでおりますうちに、拙者としては、お方様を丹後へお逃し致しとうございます。丹後にさえ、たどり着くことがお出来になれば……

玉子　少斎殿、すでに申したように、それは未練と申すもの。この期に及んで、わたくしはもはや、生き存《なが》えようとは思っておりません。もしわたくしがこの邸を出て、石田殿の手の届かぬ処へ逃げたりすれば、殿が徳川様に忠心なきものと疑われかねませぬ。それでのうても二心《ふたごころ》を疑われ、忠利を人質に取られておりますものを。この際殿には、心おきなくおはたらき頂かねばなりませぬ。

少斎　お心のほど、お察し申します。いよいよの秋《とき》は、お方様のお命を頂戴したあと、われらも直ちにお伴つかまつります故。

玉子　自害なさると仰せですか。

少斎　はい、殿より、ご殉死のお恕《ゆる》しを頂いております故。家臣として、これに過ぐる名誉はございませぬ。

玉子　なりませぬ、わたくしの後を追うことは……。ここはわたくし一人死ねば足りること。わたくしはあくまで、わたくし自身のために、この命を神に捧げるのです。愛するものにわが身を差し出すことにも増して、大きな喜悦《よろこび》がありましょうか。そなたたちは、もし石田勢が参ったら、先にも申したように、すぐに邸に火を放ち、わたくしの命を断ったあと、速やかに立ち去って下さるように。

少斎　なれど殿のご命令ならば、どうかお伴を……

玉子　ならぬと言うたではありませぬか。わたくしには、命《よ》を終えてのち参るところがあります。されど少斎殿、そなたたちは死んでどこに赴《ゆ》くおつもりですか。

少斎　何処へと申されましても……

玉子　死んでいずこに赴《ゆ》くかも解らず、死に急いではなりませぬ。

少斎　畏《おそ》れながら、この世に在《あ》るもの、いずれはすべて滅びゆくのが運命《さだめ》、しかるべき時が参ったなら、曇りなき心をもって散る覚悟はできております。

玉子　このわたくしと共に死のうとの言葉、決しておろそかには聞きませぬ。されど、魂の不滅を信じぬそなたたちを、このわたくしと一緒に死なすわけには参りません。それではわたくしの心があまりに重い。せめて、わたくしたちの罪を負うて、キリスト様が十字架にかかられたことを、思うて下さるように。

少斎　…………

（二人沈黙する。暫くして、重臣河喜多石見が息を切らして登場）

石見　ご免下さりませ。お方様、ただ今、石田方より使者が参り、秀頼公への忠義従順の心あらば、即刻ご内室を城中に差し出されよ、万一この命令《めい》に背《そむ》くことあらば、武力をもって、ご内室を申しうくる、と不躾《ぶしつけ》な要求を……

少斎　して、河喜多殿はその者になんと？

石見　先に申し合わせたとおり、家臣たるもの、当主の留守に、勝手に奥方を差し出すわけにはゆかぬ、たとえこの皺腹かき切るとも、奥方を邸の外には一歩もお出し申さぬ、そう復命されよ、と。……お方様、しかれば、遅くとも夕刻には、石田勢がこの家《や》に押し寄せて参りましょうが、お方様のご名誉は、この石見、命にかえてもお護り致します故。

玉子　忝《かたじけな》いお言葉です。そなたのような忠義な家臣をもって、玉はどれほど果報者か。……思えば、幼い頃よりそなたには、ほんにお世話になりました。ただ苦労をかけるばかりで、その愛情《おもい》にさして報いることもできませなんだが、石見殿、玉はそなたの真心、いつまでも忘れませせぬ。（ト深々と頭を下げる）

石見　何というもったいないお言葉、みどもには、今のお方様のお言葉だけで、もう充分にございます。

（千世、侍女佐保を従えて登場）

千世　お姑様《かあさま》、ただ今側《そば》のものより、石田方の使者が当家に参ったとの報告《しらせ》が……。心配で矢も楯もたまらず、お伺い致しました。

玉子　千世殿、よいところに来て下さいました。わたくしも、丁度、そなたを呼びにやろうと思っていたところです。お舅上《ちちうえ》の叔母様をつれて、いますぐ姉上様のところにお往《ゆ》きになるように。叔母上様には、この邸に来られて一年近くになりますれど、ご高齢の上から、詳しいことはお話し申し上げぬ方がよろしいでしょう。佐保殿、佐保殿は二人のお供をして下さるように。

佐保　承知いたしました。

千世　それで、……お姑様は？

玉子　一度に往っては目立ちましょう、用をすませ、後ほど参ります故。

千世　解りましてございます。それでは、お先に姉上の許に往かせて頂きます。お姑様も、なるたけお早く。

玉子　そのつもりです。

（千世、佐保と共に出てゆく）

少斎　……お方様、ついに、来るべき時が来たように存じます。遅くならぬうち、姫様や家の者達との別れのご用意を……

玉子　解りました。わたくしはこれより祭壇にて、天主《デウス》様に最後のお祈りを捧げます。わたくしの侍女達を、すべてこの部屋にお集め下さい。佳代殿には、多羅と万を連れてくるよう言って下さるように。

少斎　承知つかまつりました。それでは直ぐに、河喜多ともども支度にかかりましょうぞ。

（少斎、石見、共に急いで部屋を後にする。玉子は一人聖堂に向かおうとするが、その時、何処からともなく、賛美歌「救贖《きゅうしょく》」の美しい笛の音《ね》が聞こえてき、玉子はしばしその調べに耳を澄ます）

玉子　ああ、右近様、お懐かしゅうございます。玉はいま、右近様の美しい笛の音に勇気を頂きました。至高《いとたか》きをめざして、玉はこれより最後の力をふりしぼります。

（その言葉とともに、笛の音の響き渡るなか、玉子は部屋を後にする）

―― 幕 ――

二　（第一幕第一場）

天正九（一五八一）年四月、丹後・天橋立の松並木。近くに夫婦《めおと》松と古びた亭《あずまや》が見える。左手より、光秀と玉子の親娘《おやこ》がさも仲睦まじ気にゆったりとした歩調で歩いてくる。

玉子　ほら、お父上、あちらをご覧なさいませ。小舟が四、五艘もやっております。
光秀　おお、ほんに。あれは一体何をしておる舟であろうのう。
玉子　大方、貝をとっているのでございましょう。……貝と言えば、坂本におりましたときには、よく美味しい蜆《しじみ》を頂きました。
光秀　そうであったのう。坂本の若い漁師の中に、蜆とりの名人がおって、お煕《ひろ》が肝《きも》を患ったとき、どのような天候の日でも蜆をとって届けてくれた。

玉子　母上の病は、あの蜆でよくなったようなもの。……大窪《おおくぼ》の城からこの与謝の海を眺めておりますと、幼い頃のこと、とりわけ琵琶湖で舟遊びをした時のことが懐かしゅう思い出されます。

光秀　琵琶湖は昔から、賊《ぞく》のようでる名うての危険な湖《うみ》じゃ。それ故、わしの居《お》らんときは、城より先に往《ゆ》かぬようにと言いつけておったのを、そなたは、父の言葉をなかなか従《き》こうとせず、よく供の者を困らせてくれた。

玉子　まあ、お父上たら！　玉にももちろん賊は恐ろしゅうございましたが、舟より湖の彼方を見遣っていると、そのうち決まって、いかにしても、その果てまで往ってみたいという気持がわき起こり、それをいかんともし難くなりましたもの故、供のものには、わるいと思いつつも……

光秀　思えばお倫とちがって、そなたの瞳は、いつも遠くのものに注がれておった……。いずれにせよ、人間《ひと》が真から実質《なかみ》を有《も》ったと言えるのは、生まれつきの資質を悟り、それを思う存分活用《いか》すときじゃ。今ここにあるものよりも、遠くに存《あ》るものに心惹かれるとあらば、周囲《まわり》の者がどうあろうと、そなたはそういう性分を大切に生きたらよい。と言って、あまり忠興殿に盾ついて、相手を困らせてもろうても困るがのう。

玉子　忠興様は、信長様の寵を一身にお受けの方、そのお名も、右府様のご長子信忠様の

「忠」の一字を頂戴なさった由にて、ご気性も随分よく似ておられるように存じますが、その分、父上とはちがい、感情の起伏が激しゅうて、勝龍寺に嫁いだ頃など、どう応じてよいか解らず、それは苦労いたしました。熊千代やお長が生まれても、忠興様との間には、なお垣根のようなものが残っていたと申すのがいつわらざるところ。なれど、この宮津に参って半月あまり、その垣根もようやく取り払えたようにございます。近頃の忠興様は、以前のように、直ぐさま遠くの方を見てしまうこのわたくしに、お苛立ちになることもございませぬし、玉の方も、常に今ここを見つめておいでの殿に、徒《いたずら》に抗《あらが》うことは致しませぬ。忠興様は、ともすると激情に駆られやすい性質《たち》ではございますれど、まさに竹を割ったようなさっぱりしたご気性で、その心根は、いたってお優しゅうございまする。

光秀　そのことは、わしも感じておった。昨日の茶会の、亭主役の疲れを口実に、舅《しゅうと》のわしの接待を、こうしてそなたに委《ゆだ》ねたのも、久方ぶりに親娘《おやこ》水入らずの時を過ごさせてやりたいとの、婿殿の思い遣りからであろう。右府殿より、そなたを忠興殿の嫁にと言われたときは、雅《みやび》な細川家の嫡男とも思えぬその荒々しい気性のことを満更知らぬわけでもなかった故、少々戸惑いを覚えたというのが本当のところだが、この度宮津に参り、そなた達の仲睦まじゅうしておる姿を見て、胸のつかえも漸《ようよ》うとれた。弥平次とお倫の仲も申し分ないように見えるし……、娘を嫁がせた父親として、これ以上の喜びはない。

玉子　弥平次様は、父上の従弟《いとこ》にございますもの、姉上の夫として、これ以上の方はございませんわ。

光秀　お倫は荒木殿に嫁ぐとき、そなたに、嫁ぐことは死ににゆくことだと申したそうじゃが、そんなお倫が、わしは不憫でならなかった。

玉子　なれど、右府様より謀反の疑いをかけられて、荒木の家から戻されてきた姉上が、弥平次様にお逢いになったとき、お父上はその体に火がつくのを見て取られた。

光秀　弥平次のお倫に対する気持には、昔から気付いていたが、お倫も若い頃より弥平次に、同じような思いを寄せておったのじゃな。

玉子　明智家とは昵懇《じっこん》だった荒木家が討ち滅ぼされたのは誠に無念にございますれど、それでも、村重様のご嫡男に離縁された姉上が、長く思い合っていた弥平次様と結ばれたこと、玉にはほんに嬉しゅうございまする。凶事が、さらなる凶事の予兆であるとは限りませんのね。それは吉事の先触れであることも……。ともかく、姉上の今おられる福知山は、この宮津のほんに目と鼻の先、いまの玉には、そのことがいかにも心強う思われます。

光秀　丹波平定には、一方《ひとかた》ならぬ苦労をしたが、お倫を娶《めと》った弥平次が、ああして福知山城の城主となってくれて、わしも殊のほか喜ばしく思う。……ところでそなた、先程、この宮津に来て忠興殿との仲が漸う睦まじゅうなったと申したが、なんぞよい切っかけでもあったのか？　その原因《わけ》を父に話してみよ。

玉子　このお正月、忠興様が玉に、思いもよらぬ、とっておきのお年玉を下さったのですわ。

光秀　ほう、忠興殿が、そなたにお年玉をのう。して、それは一体何じゃ？　あの亭《あずまや》にでも入って一休みし、ゆっくり聴かせてもらうとしようか。藤孝殿もこちらに気を遣っているると見えて、弥平次と一緒に舟で沖に漕ぎ出したまま、一向お戻りになる気配もみえぬ。

（玉子と光秀、亭に入り、そこに備え付けの椅子にゆっくりと腰を下ろす）

光秀　……それで、この正月、そなたは忠興殿に、何をもろうたのじゃ。

玉子　歌留多《かるた》にございます、忠興様手づくりの。

光秀　ほう、忠興殿が、手ずから作った歌留多をのう……

玉子　厚紙に金箔を貼《は》った扇形の歌留多には、その一つひとつに、見事な筆跡で百人一首が……

光秀　なるほど、それを忠興殿が自ら書いたというのじゃな。

玉子　いいえ、歌だけではございませぬ。金箔も、忠興様ご自身で……

光秀　貼ったと申すか。

玉子　さようにございます。城に出入りの屏風師に習われて。

光秀　なんと……。じゃが、それだけのものを拵《こさ》えるとなると、よほどの時間《とき》を要したことであろうのう。

玉子　わたくしを娶《めと》ったときより、ひまひまに、こっそりお作りになったとのこと。

光秀　あの気の短い忠興殿が、それほどの根気を……。俄《にわか》には信じがたい話じゃが、だとすると、婿殿もやはり、武術ばかりか、絵や書は言うに及ばず、笛や太鼓や舞にも傑出している藤孝殿の血を引いておられるのじゃな。忠興殿は、本当は藤孝殿の子息でのうて、右府殿の落胤《おとしだね》じゃなどと陰口をたたく者も、臣下のなかにはおるようだが。

玉子　ああ見えて、忠興様は、行儀作法などにも大層お詳しゅういらして。

光秀　それはそうであろう。藤孝殿は、礼典についての造詣も、公家を凌ぐと言われている。知っての通り、細川家は元来、室町幕臣の家柄じゃが、心得ておかねばならぬ作法も、われら明智の家より、よほど多いに相違ない。

玉子　なれど、そんな忠興様も、玉と二人でいるときは……

光秀　作法も忘れて甘えてくると申すか。

玉子　はい。特に近頃は、まるで童子のように。歌留多を頂戴したときなど、わたくしが目頭《めがしら》を熱うしてお礼を申し上げますと、忠興様はわたくしの手をとり、「おう、お玉、喜んでくれるか。そちの喜ぶ顔が見られて、わしも嬉しい。これほど喜んでくれるとは思わなんだに」と、それは大はしゃぎなさるのです。されど、そこで了《お》わらぬのが、忠興様の忠興様らしいところで……

光秀　と申すと？

玉子　歌留多を頂いた夜、わたくしはそれを一枚ずつ手にとって、面《おもて》に書かれてある歌を読んで差し上げたのですが、

君がため惜しからざりし命さへ
ながくもがなと思ひぬる哉《かな》

と誦《しょう》じますと、殿はやにわにわたくしを抱きすくめて、「その藤原義孝《ふじわらのよしたか》の心は、わしが心じゃ。これより苦労も多かろうが、ともに手を取り合って生きてゆこうぞ」と、いかにも感きわまったように、お泣きになるのです。

光秀　ほほう、あの忠興殿がのう……。なかなか可愛気があるではないか。

玉子　もう近頃の忠興様は、わたくしの夫と申すより、子供のようで。同い年の男子《おのこ》とは、とうてい思えぬことも。

光秀　よいではないか。忠興殿も、真から寛《くつろ》ぐことが出来るのは、そなたと一緒にいる時のみなのであろう。丹後は、先に信長殿より忠興殿が直々賜《たまわ》ったものなれど、もともとこの国は、一色氏が三代将軍義満公から下賜《かし》されたもの。それより二百四十年もの間、一色氏は守護職として、この丹後の国を治めてきた。右府殿が十五代の義昭殿を追放して足利幕府も終わったが、長きに亘って泰平を謳歌した人心はなお一色氏に服していて、信長殿の配下たる細川家に敵意を露《あらわ》にする者も少なくない。いまだ国の各地で小競合《こぜりあ》いの続いているのが、そのよい証拠じゃ。かような次第故、忠興殿も一旦家臣の前に立てば、心の安まる時間《ひま》とてなかろう。そなたに童子のように甘えてくるというのは、婿殿が外ではそれだけ厳しい局面に立たされているという徴《しるし》じゃ。右府殿が完成を急ぐよう言われている宮津城の普請のこともある。忠興殿がその能力《ちから》を存分に奮《ふる》えるよう、そなたは妻として、背後《うしろ》で精一杯婿殿を支えるのじゃぞ。女子《おなご》の濃《こま》やかな情愛《なさけ》にも増して、男子《おのこ》を奮い起《た》たせるものはない故にな。

玉子　そのことは、幼い頃より、父上と母上のお姿を間近で見てきて、この玉にもよう解っております。

光秀　そうか。ならばそなたも、お熙にしかと見習って、忠興殿に尽くすがよい。昨日も、茶会の後で藤孝殿と話をしていてつくづく思ったのじゃが、藤孝殿も婿殿も、あの佐久間殿の一件を、えろう気にかけておいでじゃ。

玉子　昨年ご領地を没収《めしあげ》られた、佐久間信盛様のことでございますか。

光秀　左様じゃ。右府殿は本願寺を降伏させると、佐久間父子《おやこ》を、着の身着のまま、突如高野山に追放なされた。二人に、格別失策と咎め立てするほどのことはないと申すにな。

玉子　右府様のご通達にはなんと。

光秀　折檻状には、本願寺を大阪に攻めるにあたっての五年間に、さしたる働きがない、とあったそうな。……佐久間殿は、ご自分の配下に加え、三河、尾張、近江など都合七カ国の兵を右府殿より授かっていた。それをもっと上手に使えば、いかに強敵とはいえ、本願寺はもっと早くに落ちたはずだと、あるいは信長殿は仰りたかったのかも知れぬ。じゃが、攻め落とすのに少々時間《とき》がかかったからと申して、大殿の代からの重臣の身ぐるみを有無を言わさずいきなり剥いで流浪の身にするというのは、いくらなんでも遣過《やりす》ぎというもの。われわれ領主にとって、領地の没収は死よりもつらい。右府殿はまた先頃、今より三十年前、弟君の信行殿を織田家跡継として擁立しようと図《はか》った家老の林通勝殿も突如追放なさったが、われら家臣にとって、信長殿は、いついかなる理由で配下のものを斬捨てにするか解らぬお方だ。藤孝殿も、そのことを随分怖れておいでのようじゃ。いくら忠興殿が目をかけられておるとは申せ、賜った土地の平定に手間取るようでは、いつ何時《なんどき》その寵を失い、佐久間父子《おやこ》の二の舞にならんとも限らぬからな。

玉子　お舅上《ちちうえ》も、一色氏の豪雄小倉播磨守《はりまのかみ》一族の護る小倉城を初めてお攻めになったとき、惨敗なさいましたものね。

光秀　再度の攻撃《せめ》にはわしも援《たす》けたが、それでも勝てはせなんだ。結局藤孝殿は、巧みに城の水源をつきとめ、これを断って、勝利するにはしたが……

玉子　一色氏のご嫡男と伊也様との今度のご縁組みも、つまりは一刻も早い丹後平定を叶えんがためでございますね。

光秀　左様じゃ。武力をもってする覇道だけではゆかぬ時代《とき》が来つつあるように、わしには思える。国を治めるに真実《まこと》必要とされるは仁徳《とく》であろう。この先いくら戦闘《たたかい》に勝利したとて、現状では、一色氏が心から細川家に服するとは到底思えぬ。ここは藤孝殿の娘御に、一色家の嫁になってもらうのが一番じゃ。王道とまではゆかずとも、統治《とうじ》に人間《ひと》の血は、なるべく流さぬ方がよいからのう。

玉子　されど、伊也様はまだ十四、本当のところ、父母《おや》のもとを離れとうはございますまいに。戦闘《いくさ》の収束《おさま》るのは嬉しゅうございますが、伊也様のお心を思うと、玉は悲しゅうございます。禍《まが》つ日《び》の神の心を鎮めるには、やはり、贄《にえ》が、女《おなご》の贄が入り用なのでございますのか。

光秀　……そなたの気持はよう解るが、此度《こたび》の縁組は、わしと藤孝殿で決めたことじゃ。これから二つの家の間で流れるやもしれぬ血のことを思えば、伊也殿のことは致し方のないこと、いかなる犠牲も払わず、思い通りに面白う生きてゆけるほど、この世の中は甘くはないのだ。わしの見立てでは、婿の義有殿はなかなかの器量の男じゃ。心も寛く、思い遣りもありそう故、二人はきっとよい夫婦《めおと》になれよう。伊也殿のこと、お玉もそう信じてやってはくれぬか。

玉子　ご縁談がここまですすんでしまった以上、わたくしに出来るのは、ただ伊也様のお幸せを、祈ることだけにございます。……それで、お父上は、明日もう一度一色家の方に？

光秀　藤孝殿の名代としてな。婚儀について大方のことは決まったが、先方とまだ少し詰めねばならぬ話が残っておる故。……おお、岸辺に藤孝殿の舟が。漸く戻られたようじゃな。お玉、舅殿に、いまの伊也殿の話はせぬがよいぞ。

玉子　解っております。

（藤孝、弥平次を伴って登場）

藤孝　惟任殿《これとう》、この美しい天橋立の景色、ご堪能《たんのう》頂けましたかな。

光秀　存分に。……お蔭で久方ぶりに、娘と二人、ゆるりと時を過ごすことができ申した。お心配り、忝《かたじけ》のう存ずる。

藤孝　おお、それは何よりでござった。勝龍寺城では、折角《せっかく》お越し頂いても、忠興奴《め》が何やら何時も忙《せわ》しのうしておりましてな。

光秀　それで、藤孝殿の方のご収穫は？

藤孝　魚はよう獲らなんだが、船に揺られながら、何首か歌ができ申した。一首ご披露いたそう。（亭の椅子に腰を下ろすと、懐《ふところ》より懐紙を取り出し、そこに記された歌を誦ずる）

　　いにしえに契りし神のふた柱
　　いまも朽《くち》せぬあまのはしたて

　惟任殿、如何《いかが》でござろうのう。

光秀　藤孝殿、見事でござる。さすが、三条西実枝《さんじょうにしさねえ》を師と仰ぎ、古今伝授を承《う》けておられるだけのことはござるな。この天橋立は、いざなぎ、いざなみの命《みこと》が天に上《のぼ》るに用いた浮橋。二柱の神は、ある時、いつもの如く橋立を通って天に上り、そこで長らく遊びに耽っていたが、はたと気付くと、橋立はすでに倒れて海の上に。而して、かの二神は地に戻ること叶わず、そのまま、天に上ったままとなり申した。藤孝殿の只今のお歌は、この伝説をふまえた名歌にござるよ。

藤孝　さすがは惟任殿、わが歌の心をよう掴《つか》んで下さった。この藤孝、いかにも嬉しゅうござる。

光秀　すぐれた歌を、ただそれと言ったまでのこと。別に、さよう礼を言うて頂くには及びませぬ。……して、弥平次の方はいかがじゃ。なんぞ面白い歌でも詠めたかのう。

弥平次　二条流歌学の権威の前で、歌などどうして読めましょうぞ。舷《ふなばた》でわたしのしておったのは、もっぱら釣りにございまする。

光秀　なるほど。して、なにか釣れたかのう。

弥平次　はまちに小あじ、それに、とび魚なども少々。

光秀　ほう、とび魚をのう。で、そのとび魚は、そなたの頭《かしら》の上に飛んでくるのを捕らえたのか、籠かなんぞで?

弥平次　ご冗談を、光秀殿。そんな生きのよい魚はおりませぬ故。とび魚も、この釣り竿で釣り申した、はまちや小あじと同じように。

藤孝　……さて、陽も少々傾いてきたよう故、そろそろ帰城すると致しましょうか。今宵は弥平次殿の獲ものを肴《さかな》に、杯を傾けましょうぞ。のう惟任殿。

光秀　それは妙案でござるな。きっと旨《うま》い酒になりましょうぞ。

藤孝　で、帰り路じゃが、せっかくの機会ゆえ、一寸《ちょっと》一の宮の方に遠回りして、それから文殊寺に戻ったらと存ずるが、いかがでござる惟任殿。

光秀　結構でござる。一の宮からのこの松並木の眺めも、また格別でござろう故。

藤孝　お玉も弥平次殿も、それでご異存ござらぬか。

玉子・弥平次　異存ございませぬ。

藤孝　ではこれより舟頭のところに参り、そう申しつけてくると致そう。拙者は先に往きますれど、惟任殿はどうぞごゆるりと。

（藤孝は立ち上がると、光秀達を後に、足早に去ってゆく。藤孝の姿が見えなくなったところで、亭に残ったもの達は、話しながらゆっくりと席を立つ）

三　（第一幕第二場）

天正十（一五八二）年六月三日未明。大窪城の表書院。忠興、藤孝と細川家密偵早田道鬼斎が言葉を交わしているところに、急ぎ足で入って来る。

忠興　父上、何事にござるか、かように朝早う。

藤孝　おお、参ったか、忠興。まあ気を鎮めて、そこに坐るがよい。おっつけ興元も来ようほどに。先程、この道鬼斎が由々しき報せを持って参ったのじゃ。明日は備中の羽柴殿を援《たす》けるべく、但馬街道を高松に向かうそなたを見送りたいと、こうして昨日、八幡山より出てきたのじゃが、この大窪の城におって真実《まこと》幸いじゃった。

（忠興、藤孝の言葉を聞きながら、その前に坐る。藤孝が右の科白を言い終わったところで、興元、慌《あわ》た

だしく登場)

興元　ご免つかまつる。父上、何ぞ京から変事の報せでもござったか。(ト言った後、これに返事をしようとしない藤孝のただならぬ様子に気付き、口を噤《つぐ》んで忠興の傍に坐る)

藤孝　……忠興に興元、これより父の申すこと、落ち着いてよう聴くのだ。断じて愕くでないぞ

忠興・興元　……………

藤孝　実は昨日未明、信長殿が落命された、宿泊先の本能寺でな。

忠興　な、なんと。それは真実《まこと》にござるか。

藤孝　真実じゃ。

忠興　……………

興元　それはまた、いかなる理由《わけ》で?

忠興　疫病《はやりやまい》などではござらぬな、父上。

藤孝　左様じゃ。

興元　さすれば、誰かが謀反《むほん》を。

藤孝　そういうことじゃ。

忠興　して、その者の名は。

藤孝　…………………

興元　父上、さよう大それたことをしでかした輩《やから》は、一体誰にござる。

藤孝　……道鬼斎、この二人に、話して聴かせよ。

道鬼斎　はっ。――忠興様、興元様、この度本能寺に信長様を討たれたのは、惟任光秀殿にございまする。

忠興　な、なんと。舅御《しゅうとご》が、上様を討伐したと申すか。

道鬼斎　左様に存じます。ただ今大殿仰せのとおり、昨日の朝まだき、惟任殿は一万余の兵をもって奇襲をかけ、警護手薄の信長様を一挙に討ち果たされました。お泊まりの寺も、灰燼《かいじん》に帰してございます。

興元　して、京の様子は？

道鬼斎　無論、上を下への大騒ぎにございますが、中には、惟任殿の天下を喜ぶ者も。惟任殿は、京の貧民に金品を与え、朝廷にも財宝を献上なされた由にて。

忠興　して、舅御は今どこに？

道鬼斎　はい、昨日二日は坂本城、今日は安土に赴かれるものと。詳しいことは、追って、次の諜者《ちょうじゃ》が……

忠興　……道鬼斎、そちは今、本能寺は灰燼に帰したと申したが、舅御は、上様の御首《みしるし》を挙げられたのか？

道鬼斎　いえ、そのようなことはないかと。信長様は最後、寺に火を放つよう命じると、奥の間に戻り、ご自害召された由にて。

忠興　そうか……。ならば、いくら上様を討たれたとて、舅御が天下を取り切るとは限らぬな。御首さへ頂戴しておれば、畿内の諸将は、あるいはこぞって舅御に加勢するかもしれぬが。

藤孝　われらが思案致さねばならぬのは、忠興、正《まさ》にそこじゃ。恐らく、今日明日中にも、惟任殿よりこの宮津に、支援を求める使者が参ろう。明日の出陣はこの際止《よ》しとせずばなるまいが……（突然道鬼斎の方を向いて）道鬼斎、この度のはたらき、真《まこと》に大儀であった。京よりの韋駄天《いだてん》走り、さぞや疲れたことであろう。退《さが》って休むがよいぞ。明日からはまた京に戻り、惟任殿の動静を探ってくれ。

道鬼斎　はは、畏《かしこ》まりましてございます。

（道鬼斎退出）

忠興　仰せの通り、明日の出陣は取り止めとするが宜しかろうが、舅御から救援の要請が参ったら、父上は何となさる。

藤孝　そこじゃよ、忠興、難しいのは。情から申せば、わしも年来の腹心の友たる惟任殿に加勢したい。それでのうても、細川家と明智家とは濃い親戚じゃ。このまま事の推移を傍観するのは忍びない。されど、それがために、この細川の家を滅ぼすようなことがあってはならぬ。そなたの言うたとおり、信長殿の御首を挙げられなんだ惟任殿の天下は、まだ決したわけではない。目下、羽柴殿は中国の毛利輝元と対峙、徳川殿は京堺に遊行、柴田殿は魚津に上杉景勝を囲んでおる故、直ぐに惟任殿の優位が崩れることはないかもしれぬ。だがこの先、これら右府殿配下の高位の武将のいずれかが、天下取りを目論んで、惟任殿打倒の烽火《のろし》を上げぬとも限らぬ。なにしろ、織田家重臣には、この度の事変で、主君の仇を討つという、この上ない挙兵の名分が出来たでのう。

忠興　仰せの通りにござる。いくら天下を欲したとて、徳川殿や羽柴殿に、昨日《きのう》まで日の出の勢いだった上様を討つほどの気概はなかったはず。されど、あの御仁達、いかに知将だとて、舅御を倒す勇気ならお持ちにござる。それに、惟任殿はたしかにわが舅御なれど、信長公より今日まで受けた深いご恩は、断じて忘れるわけには参りませぬ。

興元　しからば父上も兄上も、惟任殿にはお味方せず、当座は諸侯の出方を、遠くより眺めておられるご所存か。心中ひそかに思いはしても、主人《あるじ》のあの形相に気圧《けお》されて、誰も今までようせなんだことを、蛮勇を奮《ふる》っておこのうた惟任殿はご立派じゃ。その侠気《おとこぎ》をかって、わしとしてはこの際、惟任殿にご加勢しとうござる。

藤孝　言葉を控えよ、興元。……そなたの言いたいことは、父にも解る。だが武人にとって、家名を護るが第一のつとめ。たしかにこの細川家は僅か十余万石の小名なれど、根元《もと》をたどれば、源氏と同じく、清和天皇を始祖とする家柄じゃ。この由緒ある家門を、一時《ひとときき》の情に迷うて潰してはならぬ。よいか興元、政治《まつりごと》に情熱は必須じゃ。だが、それだけでは済《す》まぬ。それには、熱情と相対する、冷めた判断力も要るのじゃ。距離をおいて、対象《もの》を正確《ただ》しく測る力がな。而《しか》して、この二つのものは、生じうるなべての責務《つとめ》を一身に背負わんとする、強靭《つよ》き意志《こころ》のもとでのみ、一つに結び合わされるのじゃ。繰り返すが、惟任殿の天下はまだ決まったわけではない。現下の形勢は、いつ覆《くつがえ》らぬとも限らぬ。いずれは、そなたも峰山城の城主《ぬし》じゃ。軽挙はくれぐれも慎《つつし》むように。

興元　……………

忠興　それにしても、舅御は何故いま上様を？

興元　それははっきりしておる。信長殿が惟任殿に、備中の羽柴殿を援《たす》けるよう言われたからじゃ。自分より格下の羽柴殿をな。

忠興　だがこの度は、上様に随うての出陣じゃぞ。

興元　無論右府殿自らお出座《でまし》になる以上、惟任殿は羽柴殿の指揮下に入るわけではない。だが、備中攻めの総大将は、あくまで羽柴殿じゃ。惟任殿が、あの御仁に取って代わるわけではない。

忠興　……実のところ、わしも舅御への上様の命令《めい》を、意外に思っておった。

興元　じゃろう。これが四国への出陣命令《めいれい》なら、納得がゆく。

藤孝　惟任殿は、長く右府殿と、縁者の長曽我部殿の仲に立っておられたからのう。

忠興　だが上様は、これまでの慣例《ならわし》を破って、長曽我部征伐の総大将を、お子の信孝殿とされた。

興元　それは惟任殿にとって、いかほどの屈辱であったことか。

藤孝　屈辱と申せば、信長殿の度重なる故なき打擲《ちょうちゃく》も、惟任殿には耐えがたいものであったに相違ない。

忠興　殊に、甲州でのこの春の仕打ちは、大層惨《むご》いものであったとやら。

藤孝　信長殿が武田勝頼を討ってから八日後の三月十九日、織田勢の陣は信州・飯田から上諏訪の社《やしろ》に移された。木立の多いその陣には幔幕《まんまく》が張り巡らされ、信長、信忠父子《おやこ》を中心に、そこには惟任殿を初めとして、この戦《いくさ》に加わった徳川殿や森兄弟等の重臣が控えておった。背後の廻廊には、信長殿に寝返った木曽義昌《よしまさ》や穴山梅雪などの降将が並んでおる。この席で、右府殿は勲功のあったそれぞれの家臣に、ねぎらいの言葉をかけておったのだが、その折も折、何が気に障ったのか、突如眉間に深い縦皺を刻んだ信長殿は、つつっと惟任殿の前に出、いきなりその胸ぐらをつかんで、「きさまは、きさま一人が苦労して、この戦《いくさ》に勝ったと申すか」と怒声をあげたのじゃ。惟任殿は無論、間違ってもそんなことを口にする男ではない。直ぐさまその言葉を打ち消したのだが、すると、右府殿はさらに激昂し、今度は惟任殿の髻《もとどり》をつかんで社の欄干《らんかん》まで引きずってゆくと、そこに、されるがままの惟任殿の頭《かしら》をしこたま打ち付けたのじゃ。見る間に、惟任殿の頭からは血が噴き出した……

興元　それはあまりに無体な！

藤孝　（興奮のため、興元の声が耳に入らぬかのように）よいか、今度武田がわずかの期間に滅んだは、みな惟任殿の策が的中《あた》ったからじゃ。そのことを、惟任殿が別段鼻にかけたわけでもない。それを、臣下の居並ぶ前であのような仕打ち、何の恩賞も与えずしてな。たしかに、非情が身の上の信長殿ではあるが、武田討伐の最高の功労者に、あれはなかろう。いや、武田攻略だけではない。これまでの戦争《いくさ》で、信長殿は、どれほど惟任殿の知謀《ちぼう》に救《たす》けられたことか。

忠興　あるいは上様は、舅御の読みの鋭さに疾《とう》から舌を巻き、その献策が的中《あた》れば的中るほど、益々そのことが、忌まわしくなっていったのかも知れませぬな。

藤孝　口数少ない、物静かな惟任殿の顔を見るたび、却《かえ》ってその顔貌に、自分が居なければば、お前は天下を取ることが出来なかった、と言われているような気がしてな。

興元　それにしても、武田討伐の恩賞が、社の欄干への頭《かしら》の打ち付けとはな。

忠興　森欄丸と兄の武蔵守長可《むさしのかみながよし》には、この度の戦争《いくさ》で、かなりの領地が加増されたのでござろう？

藤孝　さよう、長可殿は今度、旧領二万石と併せて、一挙に二十万国の領主となった。欄丸殿には五万石じゃ。

忠興　長可殿はまだ二十歳《はたち》そこそこ。欄丸殿など、十七歳の小童《こわっぱ》ではござらぬか。いかに森家が家柄とは申せ、余りにあからさまな森一統への傾き。

藤孝　欄丸殿については、まだ愕くべきことがある。

忠興　と、申されますと？

藤孝　これは、ある時惟任殿より聞いた話じゃが、欄丸殿は、信長殿の寵愛をよいことに、父可成《よしなり》殿の旧領坂本を拝領したいと願い出ておったそうじゃ。

興元　なんと、惟任殿が治める坂本を、でござるか。

忠興　それが事実なら、舅御は、こちらの想うより遙かに、追い詰められていたことになり申す。

藤孝　昨年の、あの佐久間殿や林殿の追放を目の当たりにして、惟任殿は信長殿の非情を想い、自分の将来を深く危惧したのではあるまいか。

忠興　舅御は丹波平定に心を砕いていた折、波多野秀治の人質となっていた義母《はは》の登代殿を、上様の無情によって、八上《やかみ》城に殺されてもおりますからのう。

藤孝　惟任殿は早くに母御を亡くしておるが、登代殿はそんな幼い惟任殿を、実母に勝るとも劣らぬ愛情で育ててくれたそうな。

忠興　実の母がかりに生きていたとしても、登代殿ほど自分の心の支えとなってくれていたか否かはわからぬと、舅御はわしにも言うておられた。

興元　とすれば、惟任殿の右府殿に対する怨念は深い。この積年の恨みが、備中攻めの命《めい》令《い》を引き金に、此《こ》度の変を惹き起こした、ということになり申すな。

藤孝　それに相違あるまい。……じゃが、惟任殿は、恨みを晴らすことだけが目的で、此度の挙に出たのでは恐らくなかろう。惟任殿は仁徳《とく》をもって、この国を治めたいのじゃ、信長殿のごとく、武力《ちから》に訴えるというのではなくしてな。足利義昭殿追放の砌《みぎり》、惟任殿はさも無念そうに言うておったものじゃ、自分がもし右府殿の地位《くらい》にあったら、あのような非道なまねは、断じて致しておらぬ、あの方を、あくまで将軍として仰いでいた、となぁ。……かよう見てくると、惟任殿が思い、察するに余りがある。されど、先にも申したとおり、ここで直ちに、惟任殿への加勢はできぬ。今少し、諸侯の動静を見ずばなるまい。殊に、羽柴秀吉、徳川家康、織田信孝、これらの面々が、いかなる動きに出るか……。そうじゃ、忠興に興元、わしはこの際髪を剃《そ》ろう。名も藤孝あらため、幽斎玄旨と号することと致す。

忠興　なんと、父上がご剃髪を？

藤孝　そうじゃ。さすれば、いまは亡き信長殿に弔意を顕《あら》わすこととなり、世人にも、細川家の心の所処《ありか》を示されよう。惟任殿の使いが来ても、わしの坊主頭を見せてお帰り頂く。羽柴殿や徳川殿の使者が参ったとて同様じゃ。

忠興　父上が髪をお剃りになると仰るなら、この際わたし奴《め》も。

藤孝　そなたは隠居するわけではない。是非とも右府殿への弔意をと申すなら、その髻《もとどり》を断つがよかろう。

忠興　はっ。……興元、そちはいかが致す？

興元　わしは、髪の毛一本落とさぬ所存。

藤孝　ふむ、それもよかろう。そちの心のままに致すがよい。だが興元、くれぐれも、血気にはやらぬようにな。いかに情に駆られようとも、つねに、距離をおいた情況への目測を忘れてはならぬ。

興元　はっ。

四　（第一幕第三場）

十一日後の早朝。舞台は前場に同じ。

忠興　ならぬ。それは断じてならぬ。
松井　殿、これほど理を尽くしてお話し申し上げても、まだお判り下さいませぬか。
有吉　まこと、この危急存亡《ききゅうそんぼう》の時に。
舘林　殿、お心を鎮め、われらの申すこと、今一度お聴き下され。
忠興　くどいわ！
松井　いかにくどいと仰せられましょうと、われら家臣、これればかりは黙って引き下がるわけには参りませぬ。

有吉　再三申し上げましたように、奥方様には、無論、何の落ち度も咎《とが》もございませぬ。しかれども、天下をめぐる現下の情勢、きわめて厳しゅうございます。

舘林　奥方様が光秀殿のご息女であられるということの一事が、細川家を、破滅の淵に追い遣るのでございます。

有吉　左様な事態になることは、なんとしても避けねばなりませぬ。

忠興　だれも、この細川の家を潰すなどと、言うてはおらん。

松井　ならば速やかにご決断を。このままぐずぐず時間《とき》を費やしておれば、取り返しのつかぬことに。この松井、決して見当違いなことを申し上げているのではござらぬ。

忠興　見当違いであろうとなかろうと、出来ぬことは出来ぬ。

舘林　何故でございます。何故、殿はかような家の一大事に、この理《ことわり》をお聴き分けなさいませぬ。

有吉　ならば致し方ございますまい。殿はわれら家中のものよりも、奥方様の情に惹かれておられるご様子。われら家臣、かよう女々《めめ》しき主人《あるじ》の言葉に、これ以上順《したが》うわけには参りませぬ。

忠興　黙れ、有吉。わしに向かって女々しいとは、口が過ぎようぞ。男子《おのこ》がおのれの配偶《つれ》を庇《かば》って、どこが女々しい。わしが庇わずに、一体誰がお玉を庇うというのだ。

松井　殿、ことは細川家の浮沈に関わりまする。これほど申し上げてもお聴き入れ下さらぬとあらば、奥方様のお命は、われらが頂戴致しまする。

忠興　何だと？　そちらが、お玉を斬ると申すか。

舘林　殿、何卒《なにとぞ》、何卒、お鎮まり下され。いまや敗残の将たる光秀殿のご息女の運命《さだめ》は、どのみち決まっておりまする。織田方にとって、光秀殿は、親の仇でもあれば主人《あるじ》の仇でもございまする。しからば先方は、その血縁を、草の根分けても残らず断ってしまいましょう。

有吉　先の荒木村重殿が謀反の折、一族郎党女子供に至るまで、磔《はりつけ》、焚殺《ふんさつ》と、皆殺しにされましたがそのよき先例。

忠興　…………

松井　あれが織田家の遣り方にございまする。どうにもせよ、敵方の手にかかるとあらば、殿かわれらの手で……、いえ、いっそ御自らの手で御生害あそばされるが、奥方様のお幸せと申すもの。

忠興　な、ならぬ。お玉の命を奪うことはあいならぬ。どうあっても彼女《あれ》を死なすと申すなら、わしがそちらを斬る！

松井　何と！　殿は、この細川家をわが命とも思うて仕えて参ったわれらを、斬ると仰せられるか。

忠興　おう、そうじゃ。お玉の命を狙《ねら》う輩《やから》は、わしが皆成敗してくれる、たとえそれが、そちらであろうと羽柴筑前であろうと織田信孝殿であろうとな。

舘林　それだけ奥方様の命が大事と仰せなら、光秀殿が信長様を討った時、何故直ちに坂本、いや光秀殿の目下の居城、丹波の亀山へお帰しになりませなんだ。さよう致しておれば、今かように揉《も》めずとも済みましたものを。

有吉　それを殿は、羽柴殿が八日、四万の兵を率いて姫路に戻ったとの報が入っても、奥方様のことでは、何の方策も示されませず……

松井　せめてあの時、殿が奥方を離縁なさっておれば……

忠興　こちらがわざわざ手を汚して、お玉を亡きものにせずとも済んだと言いたいのか、そちは？……お玉は掛け替えのないわしの宝、何事が起ころうと、断じて離しはせぬ！

舘林　ええい、何という女々しいお方じゃ。殿がここまで女々しいとは、この舘林、今の今まで思いもせなんだ。松井殿、有吉殿、とにかく、ここはお家が大事じゃ。かくなる上は、われらこれより直ちに奥方のところに参り……

（幽斎登場）

幽斎　待て、舘林。話は、この襖《ふすま》ごしにみな聴かせてもろうた。そちたちの申すことはもっともじゃ。細川の家を思うてくれるその気持、この幽斎、衷心《ちゅうしん》より礼を言う。だが、いかにお家のためとは申せ、これまで細川のために尽くしてくれたお玉の命を、ここで奪うことは出来ぬ。それでのうても、彼女《あれ》の腹にはややこがおるでの。わしに一計がある。それをこれより話す故、聴いてくれぬか。（卜言いつつ、正座に向かう）

松井・有吉・舘林　ははっ。

幽斎　（正座に坐って）そちたちの案ずるとおり、一両日中に、織田方の兵がこの大窪にやって来よう。彼女をこのまま城に留めおくことは出来ぬ。そこで相談じゃが、お玉は即刻、どこぞ人目につかぬ処に隠し、織田方の使者には、すでに嫁は実家《さと》に帰したと言ってはどうかと思う。

松井　大殿様、お言葉ではございますが、さよう都合のよい隠れ処《が》がございましょうか。かりに領内の山地にお隠し申すと致しても、あの目映《まばゆ》いばかりのお美しさでは、人目を包《つつ》むのは無理と申すもの。諜者《ちょうじゃ》だとて、どこぞに潜んでおるやも知れませぬ。万一、亀山にお帰ししたとの虚言《うそ》が発覚したる時は、徒事《ただごと》では済まなくなりまするぞ。

有吉・舘林　真《まこと》に、われらも左様危ぶみまする。

幽斎　いかに事を秘かに運んだとて、その危惧を完全には拭《ぬぐ》えぬ。しかれども、あえてそれを試すだけの価値《ねうち》のある処が一つある。

有吉　大殿、一体それは何処にござる。
松井　はて、この領内に、さような場所が……
幽斎　松井、信長殿よりこの忠興が丹後を賜った一昨年、そちはわしと一緒に、味土野《みどの》という山里に旅したことがあったろう。覚えておるか。
松井　はっ、よお覚えておりまする。平家の落人《おちゅうど》の末裔《すえ》が暮らす隠れ里でございましたな。宮津より舟で与謝《よさ》の海を日置《ひおき》の浜に渡り、そこより徒歩《かち》で三、四里もありましたろうか。
幽斎　あの里の民なら、世を忍んで生きねばならぬ者の悲哀《かなしみ》も判ろうというもの。あの折村長《むらおさ》の家で、戸主の者達とも話をしたが、いずれも祖先《とおつおや》を敬《うやま》い、ともに心を合わせ、支え合って生きておるのがよう判った。心根のいたって優しい者達なれど、その矜持《ほこり》はすこぶる高いとみた。あの者達なら、お玉を快く受け入れてくれよう。間違っても、彼女を諜者に売るような真似はせぬはずじゃ。松井、有吉、舘林、お玉のことは、そういう計らいにしてはくれぬか。（下頭を下げる）
松井　大殿様、もったいのうござる。どうぞ面《おもて》を。先程は、奥方様ご懐妊とはつゆ知らず、殿には大変ご無礼なことを申しました。どうぞお許し下され。大殿様の只今《ただいま》のご提言、松井、ご名案かと存じます。
舘林　かの地は冬がきわめて長く、途方もない豪雪地帯と聞き及んでおりまする。一旦降雪あらば、半年近く麓《ふもと》の村との往き来も跡絶《とだ》えるとか。

有吉　さような山地ならば、よもや、織田方の手先の近づくこともありますまい。雪が奥方様を護ってくれましょうぞ。

幽斎　では、お玉は味土野に逃がして遣ってくれるな。

松井・有吉・舘林　御意の通りにござりまする。

幽斎　忠興も、それでよいな。

忠興　はっ。

幽斎　それにしても、味土野に直接出向き、民の暮らしぶりをこの目で見、その年貢米を形だけにしたのは幸いじゃった。真《まこと》、情けは他人《ひと》のためならずじゃ。

松井　村人達の話では、一色氏の時代は、賦租《ふそ》にも賦役《ぶやく》にも、それは苦しめられたと申しますからな。

幽斎　あの地味乏しい土地で暮らす者達に、一色氏の賦課《ふか》は酷というもの。

舘林　かの村の者たちも、その暮らしの事情を直ぐさまお汲みなされた大殿様の恩情《なさけ》に、必ずや報いてくれるでありましょう。

幽斎　さて、それで話は決まりじゃ。だが、もはや一刻の猶予もならぬ。忠興、お玉に即刻話を致し、明日、夜の明けぬうちにここを発たせるのじゃ。側仕えの者数人をつけてな。家中の者にも出来るだけそれと悟られぬよう心せよ。わしがこれより村長に書状を書く故、当座はそこで世話になるがよかろう。一段落ついたら、その者にも相談の上、新たな住居《すまい》を見つけるがよい。手頃な廃屋が、あの村にならあるはずじゃ、少しばかり手を入れれば、充分人の住めるような。

忠興　畏《かしこ》まりましてございます。それで父上、私としては、侍女の他に、この際幾人か警護の者を、近くに常駐させたく存じますが。

幽斎　……よかろう。じゃが、その人数は極力控えるように。それが村人の脅威となっては、意味をなさぬ。わが身を護るにも、武力《ぶ》は常に両刃《もろは》の剣《つるぎ》であることを心得よ。してその警護の者達には、お玉の身に限らず、村全体の安寧《あんねい》に努めるよう諭《さと》すのじゃ、雪害など起これば、直ちに救援に参ずるなどしてな。

忠興　ははっ。

幽斎　それから忠興、此度《こたび》の件では、今ひとつ言うておかねばならぬことがある。

忠興　はっ、何なりと、父上。

幽斎　忠興、そちはこの先、誰が信長殿の後釜にすわると思う。

忠興　……それは、まず、羽柴殿、さもなくば徳川殿でござろう。

幽斎　徳川殿は、はやらぬ男よ。非は理に勝たず、理は法に勝たず、法は権に勝たず、権は天に勝たず、とよく言っておられるでのう。わしはこの先、羽柴殿が織田の若君の後見として、国を治めてゆくのではないかと思う。だが、いずれの御仁が天下様となっても、そちは衷心よりその人物に仕え、信用《しん》を勝ち得るのじゃ。徳川殿は、長子信康殿を右府殿に殺されて、その恨みは深い。羽柴殿といえば、色と権力《ちから》には目のない男じゃ。いずれも信長殿の死を、心底より悼《いた》んではおらぬ。むしろ、惟任殿が右府殿を討ったことを、内心喜んでおろう。これで自分にも、天下取りの機会が廻《めぐ》ってきたとな。殊に徳川殿は、惟任殿のお人柄を高う買うておられた。よって、この二方のいずれが天下人となろうと、そちがそのなくて叶わぬ家臣となれば、たとえ後ほど事の真相が知れても、今日のわれらが処置を、咎め立てすることはよもあるまい。よいか忠興、次の天下様のよき家臣となるのじゃ。そしていつかお玉を、いま一度細川の嫁として迎えるのじゃ。二条流歌学を伝授《つた》えるに、お玉ほど、わしの期待《おもい》に応えてくれるものは、この家中におらんでのう。

忠興　父上！

幽斎　さて、それではわしはこれから、味土野の村長《むらおさ》に、一筆認《したた》めるとしようぞ。忠興、そちは直ぐにお玉の許に参れ。

忠興　はっ。（卜幽斎に一礼し、退席する）

幽斎　松井、有吉、舘林、そちらも即刻退《さ》がって、明日の支度をするがよかろう。

松井・有吉・舘林　ははっ！（ト平伏）

五（第一幕第四場）

同じ日の夜。舞台は前場に同じ。

忠興　熊千代とお長はもう寝たか？

玉子　はい。熊千代はただ今ようやく。お長はいつものとおり、直ぐに眠りに落ちましたれど、熊千代の方は今宵に限って、なかなかわたくしの膝元を離れようと致しませず……

忠興　あれもまだ二歳《ふたつ》と幼くはあるが、周囲《まわり》の常ならぬ気配に、そなたとの別れの迫っておるのを、あるいは予感したのかもしれぬ。

玉子　おそらく、そうでございましょう。乳母のお民がいくら寝所に連れて行こうとしても、いやいやをして、わたくしの肩にしがみつき……、この小袖の袂から、あの児《こ》の好きな有平糖《あるへいとう》の包みを取り出して、それを一つ口に入れてやると、それで漸《ようや》くこちらの言うことを従《き》いてくれました。

忠興　熊千代がむずがればむずがるだけ、そなたも一層、あれのことが愛《いと》しく思えたことであろうの。

玉子　ああ、あの児たちに、生きて再び会える日が、巡ってくるのでございましょうか。

忠興　さよう嗟嘆《さたん》の声をあげる、そなたの気持はよう判る。だが、断じて、今夜が最後というわけではない。ここは我慢のしどころじゃ。いずれ、世の風向きも変わる折が出てこよう。その時期《とき》が参ったら、直ぐにそなたを迎えにゆく故。

玉子　あてもなく、見も知らぬ山中で、その時を待てと、殿は仰せられますのか。

忠興　いかに領内とは申せ、身重《みおも》のそなたを、奥山の果てに遣るのはわしとて辛い。しかれども、今ここで、そなたを死なすわけには参らぬのじゃ。

玉子　いいえ、いっそ今、わたくしは殿の刃《やいば》にかかって死にとうございます。慈愛《いつくしみ》を頒《わ》かちあう夫婦《めおと》や母子《おやこ》が、生きながら、かよう今生の別れを致さねばならぬというのなら。

忠興　言うでない。お玉、生きることは、時に死ぬるよりも辛い。なれどそなたには、是非ともこの艱難《かんなん》をくぐり抜けて、この先長う、わしと生死《しょうじ》をともにしてほしいのじゃ。

玉子　何と申されましょうと、今のわたくしは骸《むくろ》も同然、前途に何の望みもございませぬ。以前なら嬉しく聴いた殿のお言葉も、いまは虚《うつ》ろなわが心には、ただ空《むな》しく響くばかり。生ける屍《しかばね》となりつつあるこのわたくしに、味土野は、いかにも相応《ふさわ》しい土地にございましょう、なべての希望を断《た》たれた死人《しびと》の入る奥津城《おくつき》として。ああ、女は何故にかよう哀しい運命《さだめ》を生きねばなりませぬのか。

忠興　お玉、そなたは、わしが舅御に加勢せなんだことを、恨みに思っているのであろう。惨《むご》い奴よとな。

玉子　いいえ、左様なことは、ございませぬ。玉は、父の軽挙を恥じております。殿には、この度のことで、一方ならずご心労をおかけしたこと、只々《ただただ》申し訳なく思っております。

忠興　嘘《うそ》を申せ。そなたは今心のうちで思うておるはずじゃ、細川の奴らの腰抜けよ、卑怯者よ、もしこの自分が男子《おのこ》なら、たとえ負戦《まけいくさ》になろうとも、いや敗戦ならばなおのこと、父の許に馳せ参じ、羽柴殿に一矢《いっし》報いたものをとな。

玉子　玉にさような器量などございませぬ。父敗北の報に接し、ただその運命《さだめ》を哀れと思うだけにございます。止むに止まれず上様討伐の兵を挙げ、孤立無援のまま、おのが風下に立つと思うていた、羽柴様に討たれねばならなかったその運命を。

忠興　舅御の詳しい消息は、まだ判ってはおらぬ。山崎の合戦に敗れ、辛くもその場を逃《のが》れた、ということだけしかな。なんとか、逃げ延《に》びて下さっておればよいが……

玉子　たとえ坂本まで逃れたとしても、その結末は、火を見るよりも明らか。先年の荒木様ご一統の運命《うんめい》は、いまやわが明智一門の運命にございます。父も母も、見苦しき最期は見せぬはず。羽柴勢の手にかかる前に、従容《しょうよう》とご生害なさることでございましょう。殿、父が上様を本能寺に殪《たお》したとき、なぜ玉を離縁しては下さらなんだ。もし離縁さえして下さっておれば、玉は坂本で、父母と運命を共に出来ましたものを。

忠興　戯《たわ》けたことを申すでない！　わしの大事な嫁を、細川の大事な嫁を、誰がおめおめ実家《さと》へなど帰すものか。そなたは、終生わしの傍にいるのじゃ。

玉子　逆臣の娘と、生涯誹《そし》られながらでございますか。

忠興　舅御を逆臣と誹謗《ひぼう》するものの数などしれておる。――そなたは安国寺の僧恵瓊《えけい》殿の名を存じておろう。毛利方の智僧じゃ。

玉子　お名前だけは。

忠興　聞くところによると、羽柴殿は先月の五月八日以来、高松城を水攻めしておったそうだが、今月にはいると、城下の家々も水に浸かり、城中の兵糧も尽き果てる有様、その窮状《きゅうじょう》を目の当たりにした、城主の清水宗治殿は、兵士《へい》の救命を願って自刃を申し出られていた。そこへあの本能寺の事変じゃ。報せを受けた羽柴殿は、即刻清水殿切腹、備中、伯耆《ほうき》、美作《みまさか》は織田方にという誓紙を入れて毛利方と和睦した。この折、毛利方と羽柴殿との仲立ちとなったのが恵瓊殿じゃ。両者の間で協議がまとまると、四日、宗治殿は水の上に漕ぎ出、敵味方見護るなか、ご自害召されたそうじゃ。京の異変を伏せての、羽柴殿の大芝居よ。父上など、さすが筑前殿、黒田官兵衛孝高《よしたか》を謀将に持つだけのことはあると、思わず身震いしておられたわ。ところでその恵瓊殿だが、父上曰く、今よりおよそ十年前、上様に会った折、その印象を、「信長の代、五年三年は持たるべく候。明年あたりは公家《くげ》になどなるべく候かと見及び申候。さ候て後、高ころびにあをのけにころばれ候ずると見え申候」と言うておられたそうじゃ。見事な予言と申すべきだが、解るものには疾《と》うから解っていたのであろう、大業を果たさずして、上様は、早晩非業の死をとげられるであろうとな。世の流れを外からただ黙って眺めているだけでは、人間《ひと》と生まれた甲斐がない。その流れにおのが希望と夢を託し、それをわがものとして生きてこその人生ぞ。この度、たとえ舅御個人が上様を討たずとも、いずれ第二第三の舅御が、上様を征伐したことであろう。舅御は歴史の駒を、他に先んじて、また一つ先に進められたのじゃ。京では、舅御のことを、名君現ると手をたたき、喜んで迎えた者が多かったという。それというのも、気紛《きまぐ》れで我《わ》が儘《まま》な上様には絶えて見られなんだ、民《たみ》を重んずる、理に適うた法と税の制度《しくみ》を、舅御がいち早く整えられたからじゃ。その政治《まつりごと》によって、民《たみ》より喜ばれ尊ばれた者が、何で逆臣などであったりしよう。今その敗北を聞いて、京の民は、おそらく舅御のことを惜しんでおるに相違ない。そなたの父は、一度は朝廷より、征夷大将軍の宣下を頂いた方ぞ。さよう立派な父を、逆臣などと蔑んではならぬ。

玉子　…………

忠興　先程そなたの言うたように、いずれお義父《ちち》上とお義母《はは》上、そして明智一門は、坂本城にお果てになるやも知れぬ。だからこそ、そなたは、何としても生きねばならぬのじゃ、明智の血を、その魂《こころ》を、先の世に伝える唯一無二の裔《すえ》としてな。……たとえ泉下においてであろうとも、そなたのお父上とお母上が、一族の名誉《ほまれ》とお喜びになるような、ぜひとも立派な子をな。

玉子　…………

忠興　味土野には、松井とその配下の者を同行させよう。明朝、まだ家中の者が起きぬうちに出立致すのじゃ。敵を欺《あざむ》くためには、まず味方から欺かねばならぬ。夜明け前に城を発てば、日暮れまでには彼《か》の地に着こう。身重で姫育ちのそなたには、過酷な旅となろうが、どうか辛抱してくれ。そなたの命は、この忠興の命に代えても護る故。

玉子　………………

忠興　お玉、そなたがいつか無事に還《かえ》ってくれたら、何なりと、望みのものを取らせよう。

お玉、断じて、断じて死ぬでないぞ。

玉子　殿！

（そう叫ぶ玉子の肩を、忠興はひしと抱き寄せる）

――幕――

六 （第二幕第一場）

天正十一（一五八三）年早春。味土野の山家。手前には小体な庭があり庭の中程に山桜の木。ある晴れた日の午後、その木の傍に、蒼白い顔をした玉子が、一人ぽつねんと佇んでいる。そこへ、左手より手籠を下げた佳代登場。

佳代　まあ、お方様、またお庭に、——寒くはございませぬか？

玉子　一昨日、こうして外に出た折は、空には薄雲がたなびいて、風も大層冷たく、とても長くは留まっておられませなんだが、幸い、今日は快晴。風もほとんどありませぬ。佳代殿が出かけてから、しばらく写経致しておりましたれど、少しも心が晴れぬ故、またこうして、桜の木の傍まで来てしまいました。こんな小さな桜の木でも、花さえつけてくれれば、心も少しは和みましょうほどに。

佳代　そうでございましたか。たしかに、今日は近頃にない上天気。ここに戻って参る道すがら、遠くより、時折、雪崩《なだれ》の音が聞こえました。もうじき、麓の村へ下る道もつきましょう。

玉子　たとえ里へ下る道がついたとて、わたくしが、その山路を辿ることはよもありますまい。ところで佳代殿、お咲さんに、お米と干魚は届けてくれましたか？

佳代　はい、たしかに。お咲さんは、お方様のお心遣いを、両手を合わせて、もったいない、もったいないと何度も口にしながら、それは喜んでおいででした。

玉子　そうですか、それを聞いて、わたくしも嬉しく思います。お咲さんには、わたくしの分も、よい子を産んでもらわねば。たしか、来月でしたね、お咲さんの予定の日は。

佳代　さようにございます。お咲さんは、お方様があのようなご不幸にあわれてまだ日も浅いというのに、こうしてお城からの大切な届け物をお授け下さるなど、まるで御仏のような方だと、涙ながらに話しておいででした。

玉子　わたくしの死産は、みなこの身に負うた運命《さだめ》。十月《とつき》の間、この胎内に生きておりましたものを、母のわたくしの哀しみが、あの子を殺してしまった……

佳代　決してそのようなことは、お方様。

玉子　いいえ、そうなのです。いわばあの子は、人の世の哀しみと苦しみを、小さな命に負うて絶えたのです。そうでなければ、あの子の死んだ甲斐がありませぬ。

佳代　…………

玉子　あまりに短かかったあの子の命を、無駄にしとうはなくて、そのためには、何をしたらよかろうかと、そのことばかりを思うてきましたが、よい答えはみつからずじまい。せめて、お咲さんが丈夫な子を産んでくれればと、いま心にあるのは、そのことだけです。されど、わたくしの今日あの方にしたことが、真《まこと》の親切であったのかどうか、しかとは判りませぬ。あるいはそれは、断じてなしてはならぬ、穢《けが》れた、忌まわしきことであったのかも……

佳代　お方様、どうして、そのような穏やかならぬことを？

玉子　でも、そうではありませぬか。わたくしは、父母、姉弟《きょうだい》、一族が滅び、夫と子供とは生き別れ、さらには生まれ出ようとした生命《いのち》までも失った、いわば呪われた身なのですよ。そんな不吉な運命《さだめ》を生きるものがする施《ほどこ》しが、果たして、施しの名に値するのかどうか。それはただ、この身の不幸を、他のものに、体《てい》よく撒き散らしているだけのことかも知れませぬ。

佳代　なりませぬ、お方様、そのようにお考えになられては。この世に人と生まれて、心萎《な》える瞬間《とき》や時期を持たぬものなどおりませぬ。わたしどもの立場から申せば、さような、断じて変え得ぬ宿運をわが身に定めることは、およそ人間《ひと》の犯しうる罪のなかでも、一等重いものの一つにございます。神の恩恵《めぐみ》やわたしたちの熱き祈りを粉微塵《こなみじん》に砕いてしまうほどの魔物は、この世の中にはおりませぬ。

玉子　されど仏法では、因果応報ということを申します。父祖が前世で悪事をおこなえば、その子孫は、たとえその人自身が悪に手を染めずとも、かならず悪い報いを受けねば済みませぬ。わたくしは生まれてこの方《かた》、悪事と呼ばれるほどのことを、はたらいた覚えはありません。されどこうして次々、耐え難き悲運に見舞われねばならぬのは、やはり、前世よりの因縁故ではありませぬか、わたくし一人の努力《ちから》では、到底うごかし得ない……。こうなっては、御仏の慈悲にすがるのも詮《せん》ないこと。そういう呪われた人間なのです、わたくしという女は。

佳代　でもパアデレ様は、わたしたちに、そのようにお話しされたことはございませぬ。

玉子　パアデレ？

佳代　キリシタンの神父様のことでございます。神の御言葉を信徒にお説き下さる、霊の導き手と申しましょうか。

玉子　そのパアデレ様は、佳代殿になんと？

佳代　父祖の罪は、子孫の負うところとはならぬ、人は銘々《めいめい》おのれの罪科《つみ》によって死ぬ、と。

玉子　では佳代殿の信じるキリシタンでは、前世の行いの善悪に応じて報いがある、とは言わぬのですか。

佳代　左様にございます。人はただ、現世《うつしよ》でなした責任《つとめ》を問われるだけで。

玉子　……………

佳代　それと今ひとつ。お方様は先ほど、ご自分は御仏の慈悲にも与《あずか》れぬ、呪われた身の上だと申されましたが、パアデレ様のお話によれば、キリシタンの聖典には、「天の父は、悪い者の上にも良い者の上にも、太陽《ひ》を昇らせ、正しい者にも正しくない者にも、雨を降らせてくれる」とあるそうにございまする。

玉子　なんと！　佳代殿の信ずる神は、良い者と悪い者との区別を付けぬと申されるのか。

佳代　左様にございます。

玉子　どうして？

佳代　それは、たとえ悪人や罪人《つみびと》と呼ばれているものであっても、善人や義人になることが出来るからにございます。同じ教典には、「取税人や遊女は、あなたがたより先に神の国にはいる」とも書かれておりますそうな。

玉子　いやしいものの方が、善人と言われている人たちよりも、先に神の国に入る、ということですね。

佳代　左様にございます。わたしたちの教えにあっては、そもそも、善と悪という区別を致しません、わたしたちは、救いの保証を求めたり、自分だけが神によって救われる、選ばれた特別な人間だと思うてはならぬ、と教わっております。

玉子　取税人や遊女が、一番先に神の国に入るというのは、そういう罪深い人たちは、自分たちのことを、神に選ばれたものと高ぶることがないから、という意味ですね。

佳代　仰るとおりにございます。善人ぶる人というのは、ともすると、神の救いに与《あず》かるために、欲得ずくで、善行と呼ばれるものを積んだり致しますもの、そちらのほうが、よほど醜いことだと思いもせずに。でも、お方様のお咲さんへの施しは、真心からなされたもの、その美しいお心根に、佳代はまこと搏《う》たれましてございます。

玉子　なんの、あれしきのこと。佳代殿に、お褒め頂くようなことではありませぬ。ですが、今そなたの話を聞いて、わたくしも、少し気持が楽になりました。して佳代殿は、どういう経緯《いきさつ》でキリシタンに？　ご尊父清原頼賢《よりかた》殿はもともと儒者で、わたくしの父も親しゅうしておりましたが、お従兄弟《いとこ》の間柄になる吉田兼見《かねみ》殿は神祇職でいらっしゃいましょう、各地の神社に神位を授けたりする権威をもった。

佳代　仰せのとおりにございます。ですが、詳しいことは存ぜぬながら、父母はともに、ごく若い頃天主《デウス》に帰依致しましたので、わたしも赤児で洗礼を受けてございます。ただ、わたしが真のキリシタンとなりましたのは、自分が心ならずも犯した罪が原因《もと》で……

玉子　佳代殿が罪を？

佳代　はい。わたしは十三の歳より、捨て子の面倒を見るキリシタンの養育会に入っておりましたが、ある時、近くの山で拾ってきた幼い子を、自分のちょっとした不注意から、死なせてしまったのでございます。人間《ひと》の命はみな等しいとして、体が弱いが故に捨てられたり、両親《おや》の貧しさ故に捨てられた子を大切に育てている養育院の信徒の方達の姿に動かされ、わたしもその手伝いを致すようになったのですが、よりによって、自分が見つけだした子を、ほかの用事《よう》をしているうちに、夜具の中で死なせてしまったのでございます。その時より、子供ながらわたしは深い罪の意識にとらわれ、寝ても醒《さ》めても苦しむようになりました。そんなある日、心打ちひしがれたわたしを不憫に思ってか、パアデレ様が仰て下さったのです、わたしたちの天主教にあっては、すべての人が罪人《つみびと》であり、キリストは隣人の罪を責めず、罪人を憐れめと教えていると。キリシタンは善人と悪人、富者と貧者とを問わず、なべての人の裡《うち》に神の像《すがた》を認める教えでありますけれど、わたしはこの時、罪を乗り越え、すべてのものを悪より救い出そうとするこの教えに、魂を救われたのでございます。

玉子　そうでしたか。佳代殿も、つらい思いをなさったことがあるのですね。

佳代　でもその苦悩《くるしみ》があったればこそ、わたしも、自分の魂を、少しなりとも高めることが出来たのだと存じます。——さあ、お方様、そろそろ屋内《なか》に入りましょう。いかに春めいてきたとは申せ、桜の開花はまだ当分先のこと、いつまでもかようなところで立ち話をしていては、お身体に障《さわ》ります故。そうそう、すっかり忘れてしまうところでした。お方様、お咲さんが、お方様へのお礼にと、近くの野原から、福寿草を採ってきて下さいました。（ト手籠から福寿草を取り出し、玉子に見せる）この花を、ご仏前にお供えなされませ。

玉子　まあ、愛らしい花だこと。丹後の人が愛するこの花を、父も母も姉弟たちも、きっとお喜び下さいましょう。でも佳代殿、その前にいま一つ、わたくしの問いに答えては下さいませぬか。

佳代　と申されますと？

玉子　佳代殿のお話を伺っていると、キリシタンでは、この世の掟《おきて》や戒《いまし》めを、あまり重くは扱わぬご様子。

佳代　仰せのとおりにございます。わたしたちの教えでは、人間《ひと》を縛る掟や戒めというものを認めませぬ。それには、神の霊が宿っておらぬ故に。

玉子　神の霊が宿っておらぬ故に、それらは無力だと。――それでは、生きる上で、佳代殿たちにとって、一等大切なものは？

佳代　……恩寵でございましょう。

玉子　恩寵？

佳代　神の恵みにございます。わたしどもキリシタンが、生のいとなみの中で最も重く見ますのは、わたしたちが、神から霊の力を受けているか否か、聖霊から恩寵をいただいているかどうか、ということでございます。――さあ、お方様、もう屋内《なか》へ。お話は、そこでの方がよろしゅうございましょう。陽も少し翳《かげ》ってきました故。

（しかし玉子は身動きせず、黙って佳代の顔を凝視《みつめ》ている）

七　（第二幕第二場）

半年後。舞台は前場と同じ玉子の隠れる山家の仏間

玉子　そうでしたか、お市様は、この四月、越前の北庄城《きたのしょう》で、柴田勝家様とお果てに……。なんとおいたわしい。——それで、お子たちは？　お市様にはたしか、三人のご息女がおありだと伺いましたが。

興元　娘御のほうは、皆ご無事と聞いております。織田信孝殿と共に兵を起こした柴田殿が、賤《しず》ヶ嶽《だけ》の戦闘《いくさ》に敗れたとき、お市様は羽柴殿に、娘御の救命を願い出られた由にございます。

玉子　それは不幸中の幸いと申すもの。ご息女たちには、お市様の分も、これから幸福《しあわせ》に

なって頂かねば。——それにしても、信長様のご葬儀が了わってまだ半年ばかりというのに、なぜ柴田様は羽柴様とそのようなことに？

興元　それは、信長殿の葬儀に柴田殿が参列しなかったことで、お二人の間に、反目が深まったからでござろう。

玉子　羽柴様が昨年十月、大徳寺で信長様のご葬儀を盛大になさったことは、十一月、ここをお訪ね下さった興元殿のご家来衆より伺いましたが、その礼法の一切を取り仕切ったのは、お義父上《ちちうえ》でいらしたとか。

興元　あるいはお聞き及びかも知れませぬが、親父《おやじ》殿は、あの変事の後、本能寺の焼跡で連歌の興行、つまり信長殿の追善供養をやりましてな。これが大評判となって、羽柴殿も、すっかり細川家に信をおくようになったと見えまする。なにしろ、羽柴殿が大徳寺で行ったのは空前の大盛儀で、諸将はもとより、朝廷からも使いが遣わされ、お公家衆も多数お見えでござった。

玉子　その葬儀に、柴田様は、わざと参列なさらなかった。

興元　左様にござる。葬儀の折、羽柴殿は信長殿のご嫡孫三法師殿を抱いて、一番初めに焼香なされたが、かよう致すことで、羽柴殿は、信長殿の跡継ぎは自分であると、天下にあまねく示す狙《ねら》いがあった。ところが柴田殿は……

玉子　お市様を娶《めと》られた柴田様にしてみれば、羽柴様を信長様の後継者とは認められぬ、というわけですね。それにしても、お市様は、あの若さで、六十を越えた柴田様のところへ、よう嫁がれましたね。しかも、北庄に向かわれたのは、上様がお果てになった翌月でございましょう？　普通には、その早さはとてもあり得ぬこと。

興元　それは、あの女に目のないサル殿が、類《たぐい》ない美貌の女性《にょしょう》として知られるお市殿を、側室にと望んだからだ、というのが専《もっぱ》らの噂にござる。

玉子　主君が亡びてどれほども経たぬというに、その主君の妹君を側室に望むとは！　いかに天下を欲しようと、それはあまりに醜い所行。返す返すもお可哀相なお市様……

興元　羽柴殿が自分を側室に望んでいると知った時、お市殿は、ただの情欲とは思えぬ、何かもっとどす黒いものが、彼奴《あやつ》の心に蠢《うごめ》いていると、お感じになったのでございましょうな。この話を耳にした時、兄上がわしにも内緒で、姉上をこの味土野に隠した気持が、解ったような気が致しました。

玉子　事情がそうなりますと、忠興様より音信《おとずれ》が一切齎《もたら》されぬのを、恨みには思えませぬな。

興元　この六月には、信長殿の一回忌がござったが、宮津では今もって、羽柴殿は、お父上の血筋のものや残党を根絶やしにせんと、見つけ出しては打ち首、磔《はりつけ》の刑に処しているとの噂が絶えませぬからな。兄上はいたって気短じゃが、こと姉上のことについては、すこぶる慎重にござるよ。昨秋、落城まぎわの坂本城で、お母上より託された明智家先祖代々のお位牌を、わしが姉上の許にお届けしたいと申した時も、兄上は頑として受付なんだ。

玉子　興元殿がお出でになると、目立ちますものね。

興元　あの本能寺の変事の折、親父殿や兄上への断りなしに惟任殿の加勢に向かってからというもの、わしも何かと、世間の耳目を集めるようになりましてな。

玉子　興元殿のご温情、玉は後よりそれを伺って、涙の出るほど嬉しゅうございました、父の気持に寄り添うてくれる武人が、ただの一人でも、この世にいて下さったのだと。

興元　あれでわしが動かずば、細川の輩《やから》は卑怯者よと、世間から誹《そし》られかねませぬからな。わしがあの時五百騎を率いて京に向かうのを、親父殿はともかく、兄上は恐らく知っておった。知っていながら、見て見ぬ振りをしたのでござる。心の奥に、忸怩《じくじ》たる思いがあった故。

玉子　それでも興元殿、坂本から、ようご無事でお還り遊ばしました。

興元　坂本に往くと、奥方殿はすでにお覚悟なさっていた故、当初は、わしらも枕を並べて討ち死にするつもりでござったが、いよいよという時、お熈《ひろ》殿が、わしらを巻き添えに亡びたとあっては、明智一門の恥となる故、一族以外のものは、是非とも城外に逃げてくれと懇願なさるので、やもなく城を後にしたわけにござる。弥平次殿はこの折、吉光の脇差、虚堂の墨跡《ぼくせき》など惟任殿蒐集の天下の名品を、その目録と一緒に、城を取り囲んでおった堀直政殿に贈りなされ、その直後、館に火を放って、お倫殿、お熙殿、十五郎殿方とともに、見事果てられました。――然《さ》りながら、わしらが加藤勢を引き付けておる間《ま》に、素速く山崎をお離れになったはずの惟任殿が、坂本にお戻りにならず、よもや夜中、あのような処で……

玉子　小栗栖《おぐるす》という山林でだったそうですね、父上が自刃なさったのは。

興元　いかにも。そこの竹林の中の小道に、ひそかに馬を進めておいでの折、名もなき者の槍で脇腹を……。お父上はもうそれ以上逃げようとはなさらず、伴の溝尾庄兵衛殿のご介錯で、従容《しょうよう》と自ら切腹してお果てになった由。

佳代　暗い竹林のなかで、僅かなご家来衆に見守られてのご最期、なんともおいたわしゅうございます。

玉子　……………

興元　それで姉上、お父上の辞世は、お受け取り頂きましたかな。

玉子　（無言で会釈して）「逆順二門なし、大道心源に徹す、五十七年の夢、覚め来りて一元に帰す」でございましたね。（涙声で）父の辞世の句は、たしかに昨年、ご家臣の上田殿より、位牌とともに頂戴致しました。今もそれを、文筥《ふばこ》の中より取り出して、毎日のように見ております。

興元　おお、そうでござったか。ご承知かと存ずるが、初之助は、惟任殿が日頃目をかけていた男にござる。先の辞世も、戦闘の始まる直前、申の刻（午後四時）近くに、惟任殿が直々彼《あれ》に託された由。

玉子　さよう伺っております。

興元　兄上も、初之助のことは、武芸に秀でているだけでのうて、正直者で、中々見所のある奴と褒めており申した。彼をここに残させたのも、兄上の意向にござるよ。

玉子　そうでございましたか。父が目をかけていた家臣が直ぐ傍にいてくれるかと思うと、わたくしも、なにやら心が和《なご》みます。宮津にお帰りになったら、玉がようお礼を申していたと、忠興様にお伝え下さいませ。

興元　さあ、それでは、陽もだいぶ傾いてきたよう故、そろそろお暇《いとま》つかまつる。この春には、兄上より、姉上が死産なされたと聞いて心配致しておりましたが、思うたよりもお健《すこ》やかなご様子、興元、安心致しました。

玉子　あの折は、新しい生命《いのち》を育てる喜び、楽しみを一挙に失くしたことがあまりに悲しく、心も頽《くずお》れ、十日あまり寝込んでしまいましたが、幸い、この佳代殿がいつも傍で慰めてくれたお蔭で、今では気持も少し落着きました。

興元　それは何よりでござる。わしが持参した金樽《きんたる》いわしをたんと召し上がって、今度は、是非とも丈夫なお子をお産み下されい。宮津には、いずれお還りになれましょうから。

玉子　お心尽くしの贈物とお励まし、重ねてお礼申します。今宵は男城《おじろ》にお泊まりですね。

興元　左様にござる、明朝《あす》の出立は早い故、この女城《めじろ》には伺いませぬが、兄上には姉上のご息災、しかと伝えまする故。

玉子　それではお義父上《ちち》はじめ、忠興様、伊也様にもどうぞよしなに……

興元　承知つかまつりました。……姉上、姉上は、伊也のことを、何ぞお聞き及びでござるか？

玉子　いいえ、別に何も。伊也様が、どうぞなされましたか？

興元　彼女《あれ》は今、大窪《おおくぼ》の城に戻っておりまする。

玉子　伊也様がお里帰り。もしや、ご主人の義有様との間になにか？

興元　……義有殿は、死んでござるよ。

玉子　えっ！　それは真実《まこと》にございますか。あれほど屈強《くっきょう》な方が……。にわかには、信じられませぬ……

興元　兄上が殺《や》ったのじゃ。この乱世にあっては、速やかに一色家を滅ぼし、一刻も早う丹後を平定して、国をあげて次の天下様に順《したが》わねばならぬと、親父殿も兄上もあせったと見える。姉上がここ味土野に発たれてから三月《みつき》ばかり後、婿舅《むこしゅうと》の盃を取り交わすという口実で義有殿を城に招《よ》び、相手が酒の注《つ》がれた大盃《たいはい》を両手に持ったその刹那、兄上が一刀のもとに斬り倒したのでござる。

玉子　な、なんという恐ろしいことを！（そう叫ぶと、すでに顔面蒼白の玉子は、あまりの衝撃のため、その場に頽《くずお》れる。佳代は直ぐさま玉子の傍により、介抱しようとする）

佳代　お方様、しっかり、しっかりなさいませ。お方様！

（佳代が必死で玉子を抱き起こそうとするなか、興元はなす術もなく、二人の女に深々と頭を下げ、無言でその場を立ち去る）

佳代　（その腕に玉子を抱いたまま）お方様、お方様、大丈夫にございますか。床をお取り致しましょうか。……佳代は、興元様をお恨み申しまする。まだ充分よくはおなりになっていないお方様に、ようもあのような惨《むご》い話を。

玉子　（佳代の膝よりゆっくりと身体を起こしながら）わたくしのことはもう大丈夫です。床をのべるには及びませぬ。興元殿のことも、どうぞ悪くは思うて下さるな。ご誠実な興元殿のこと、初めからわたくしを愕かせるのが目的で、伊也様のことを申されたのではありますまい。いとしい妹御の哀しい運命《さだめ》を思うとあまりに遣瀬《やるせ》なく、ついわたくしに、ことの次第を漏らしてしまわれたのでしょう。

佳代　それは仰るとおりでございましょうけれど……

玉子　ですが佳代殿、先程の興元殿のお話に、やはりこの世に神はいないのだと、わたくしは思いました。

佳代　…………

玉子　この春子供を死産するはるか前より、そう、父母と一族のものを一度に失ってから、わたくしにはもはや、神仏というものが信じられなくなっておりました。されどその後、そなたからキリシタンのお話を伺い、いかにも不思議な、尊い教えと、佳代殿の奉じる神に惹かれて参りました。そなたが日頃、肌身離さず持っておられる教理書『こんてむつすむん地《じ》』も、一度お借りして読んでみようかと思うていたくらいです。なれど、先に興元殿の話を伺って、その気持もすっかり萎えてしまいました。やはりこの世には、神も仏もいないのだと。

佳代　……お方様がそう仰りたいお気持は、この佳代にもよう解ります。されど、今お方様が仰った『こんてむつすむん地』には、わたしたちがこの世に生きている間は、艱難《かんなん》と誘惑とを受けずに済ますことは出来ない、とありまする。どんなに辛いこと、また苦しいことがあろうとも、デウスの神をかたく信じておれば、神は必ず、真の幸福を授けて下さいます。パアデレ様も、神は祈りを聴き給うお方だと、仰っておいででした。

玉子　わたくしも、それが信じられるなら、どれほど幸せなことでしょう。されど、世の実相が、それを赦さぬのです。

佳代　それは、お方様は、この一年半の間に、先例《ためし》のないような禍害《わざわい》にお遭いになってお られます故。

玉子　いま、この身に起こったことは申しますまい。されど佳代殿、お市様や伊也様の悲運を思うてもみて下され。お市様は兄の信長様に夫の浅井長政殿を焼き滅ぼされ、三人のお子を連れて実家《さと》へ帰ってきたのも束の間、今度は、その右府様が亡び、一月後《ひとつき》には お家のため、親子ほども歳のはなれた柴田殿とご再婚、そうして、一年と経たぬうち、北庄《きたのしょう》に果てられた。伊也様だとて同じこと、嫁いで一年余りで、夫義有殿を、実兄の忠興様に殺されてしまわれた。佳代殿、もしこの世に神がいるというのなら、なぜに神は、浅井殿や一色殿の命をお救いにならぬ、なぜ、夫を亡きものにされて悲嘆の淵に沈むお市様や伊也様を、見捨てるようなことをなさるのです。なぜ、なぜ、あのお可哀相なお市様には、最後まで、救いの手が差し伸べられなかったのですか。

佳代　……………

玉子　わたくしも、出来ることなら神を信じたい。なれど、自他の不幸を顧みるにつけ、それは幻影《まぼろし》としか思えませぬ。この世にあるのは弱者と強者、そしてこの二つのものを翻弄《もてあそ》ぶ偶然だけ。禅僧はよく、刹那生滅、刹那生起ということを申しますが、言い得て妙だと思います。

佳代　残念ながら、このわたしに、お方様のご疑念をお晴らしすることは叶いませぬ。されどパアデレ様はある時……

玉子　神父様がそなたに何と？

佳代　いえ、やはり、申し上げるのは控えまする。余計なことを言って、またお方様のご気分を損《そこ》ねるようなことになっては困ります故。

玉子　わたくしのことなら、心配は要りませぬ。先程から、神は信じられぬとは申しておりますが、そなたを責める気など毛頭ありませぬ。この心の地獄より早う救われたいという思いが儘《まま》ならぬ故、ついきつい言葉を……。さあ、佳代殿、言って下され。そなたの神父様は、一体何と仰っているのです？

佳代　……パアデレ様、パアデレ様は、ある時信徒より、世の人々の暮らしの苛酷さを問われて、申されました、神は、この世に悪と苦難があるからこそ、御《おわ》すのだと。

玉子　この世に悪のあることが、神が御す証明《あかし》であると申されるのですか、その神父様は。

どうして、なのです。

佳代　それは、佳代にもよう解りませぬ、難しすぎて。なれどパアデレ様は、たしかにそう申されました。

玉子　キリシタンの教典には、いやしき者は、善人よりも先に神の国に入る、とあると、以前伺いました。神父様の今のお言葉は、そういう考えと、あるいは関係《つながり》があるのかも知れませぬな、ようは解りませんが……

佳代　あるいはそうかも知れませぬ。

玉子　……佳代殿、そなたがお持ちの『こんてむつすむん地《じ》』、しばらくわたくしに貸しては下さらぬか。その神父様が仰ったことの意味を、少し考えてみたく思います故。

佳代　喜んで！　お方様がデウスの神に真《まこと》興味をお持ち下さるなら、佳代にとって、こんなに嬉しいことはございませぬ。高山右近様のような方なら、お方様のご疑念を、すぐにもお晴らしになることがお出来でしょうが、なにしろわたしは、信仰浅いふつつかものので、申し訳もございませぬ。

玉子　佳代殿は、右近様とお知り合いか？

佳代　はい、父が親しくしておりましたもので。高山殿はわしよりラテン語が出来ると、父はよう申しておりました。

玉子　ラテン語？
佳代　キリシタンの聖典が記されている、異国の言葉にございます。『こんてむつすむん地』も、原本《もと》はやまとの言葉でのうて、ラテン語で書かれているとか。
玉子　して、その表題の意味は？
佳代　「キリストにならいて」、であったかと存じます。
玉子　それは、そなたの言うキリシタンの聖典とは違うのですか。
佳代　はい、違いまする。なれど外国《とつくに》の信者の間では、聖典と同じほどよく読まれているとやら。高山様はその両方を、ラテン語でお読みのはずでございます。
玉子　右近様は、ご承知の通り、高槻城のご城主。忠興様とは気脈を通じておられ、わたくしたちが青龍寺城におりました頃は、住まいも近く、よく遊びに来られました。右近様がキリシタンの信者であることは、その頃より存じておりましたが、よもやそこまで深い信仰をお持ちだったとは……。これは一度、機会があれば、お話をうかがってみなければなりませぬな。もっとも、そんな日が訪れるかどうか、はなはだ心許ない気が致しますけれど。
佳代　いえ、還れますとも。お方様はいつかきっと、宮津にお戻りになられます。
玉子　佳代殿は、わたくしの帰城を、祈って下さっているのですか。

佳代　はい、朝夕はもとより、この女城《めじろ》の用事《ようう》をしたり、機《はた》を織ったりしながら、佳代は毎日欠かさず、お方様のことをお祈り致しております。

玉子　お家のためなら、実の妹の夫をも易々《やすやす》と斬り捨てる、非情な細川の家禄を食《は》む、罪深いこのわたくしのことを、そなたは、それほどまでも祈ってくれると申されるのか。

佳代　いつかも申し上げたとおり、わたしども人間には、一人として義《ただ》しいものはおりませぬ。祈りは必ず神に届くもの。……実を申せば、佳代はお方様のために、帰城よりも、もっと大切な祈りを捧げております。

玉子　帰城より、もっと大切な祈り？　はて、それは一体どのような……

佳代　はい、それは、もろもろのご苦難が、お方様にとって、大きなご恩寵とお思い遊ばすことが出来ますように、という祈りでございます。

玉子　恩寵……

（そう呟きながら、玉子はじっと佳代の面差《おもざ》しに見入る）

八　（第二幕第三場）

九ヶ月後。舞台は前場に同じ。ある日の午後、玉子は庭で、咲の幼児を腕に抱いてあやしている。

玉子　末吉さん、よお元気になってくれましたね。ほんに、よかった、よかった。（玉子はさも愛しげに、末吉に頬ずりする）

咲　ま、お方様。も、もったいのうございます。

玉子　何のもったいないことがありましょうぞ。幼児《おさなご》ほど、わたくしの心を慰めてくれるものはありませぬ。ほんに愛らしいこと……。それにしても、村の児たちの疫病《はやりやまい》が、こうして良くなってくれて、これほど嬉しいことはありません。子供たちに疫病が広がっていると聞いたときは、もうどうなることかと心配致しました。

咲　村の児たちが、こうして怖い病から救われましたのは、お方様のあのお歌のお蔭にございます。

玉子　まさか、そのようなことがあるものですか。村長《むらおさ》の藤二郎殿よりたってと懇願され、下手な歌を詠んだまでのこと。わたくしの歌に、霊験などありませぬ。

咲　されど、

　　いかでかは御裳濯川《みもすそ》の流れくむ
　　　人にたたらむ疫癘《えきれい》の神

　というお方様のお歌を、戸口に貼りつけてからにございます、村から疫病が去ったのは。

玉子　藤二郎殿も一昨日同じことを申しておられましたが、それを聞いて、一番愕《おどろ》いているのはこのわたくしです。

咲　村のものはみな口々に、お方様は御仏の化身じゃと申しております。

玉子　それは断じてないこと。わたくしもまた、悩み多き一人の女に過ぎませぬ。

佳代　されどお方様、お方様はこの一月《ひとつき》の間、村の児たちの病を心痛され、その児たちを一人ひとり見舞って歩かれました。その真実が、あるいは神に届いたのかも知れませぬ。

玉子　なれど、児を思う真実ならば、あの児たちの親の方が、よほど優っておりましょうほどに。

（玉子が右の科白を言い終わった時、下手より、細川家重臣松井康之が、初之助はじめ配下のものを幾人か伴って登場）

初之助　奥方様！

玉子　これは初之助殿。（初之助の背後に松井康之が控えていることに気付き）まあ！　そなたは、松井殿ではございませぬか。

松井　奥方様にはお変わりもなく、ご機嫌うるわしゅう存じます。

咲　（急に物々しくなった周囲《あたり》の雰囲気に気圧されたように）お、お方様、それでは今日は、これにて失礼つかまつります。長々と遊ばせて頂き、真《まこと》にありがとうございました。

玉子　そうですか。では末吉さんを。（母親の方に嬉しそうに両手を伸ばしている幼児を、彼女にゆっくりと渡してから）ほんに今日は、よくお顔を見せてくれました。また末吉さんと一緒に、遊びに来てくださいね。お午《ひる》からなら、何時《いつ》でもかまわぬ故。

咲　もったいなきお言葉。また、畑の野菜が大きくなりましたら、持って参ります。

玉子　有難う、それは楽しみなことだこと。

咲　お方様、それではご免下さいまし。（子供を抱きかかえながら、下手に去る）

玉子　道中、お気をつけて。

（玉子、二三歩母子の後を追い、二人を見送る。母子の姿が木陰に消えると、配下の者と共に地面に片膝をついて控えている松井の許に戻る）

玉子　お待たせしました。松井殿、さあ屋内《なか》へ。

（松井、配下の者を従え、玉子の少し後より屋内に入る。座敷に上がると、既に正座に控えている玉子の前に腰を下ろす）

松井　（深々と頭をたれ）奥方様、この味土野での二冬、ご不自由いかばかりでございましたことか。長の間の数々のご心労、お察し申し上げます。

玉子　遠路ようこそお越し下さいました。して、今日はどのような用件にて……

松井　はっ、奥方様。本日は、願ってもない喜ばしき報せを持って参じました。この度、羽柴殿のお赦しが出ました故、ついにご帰館頂くことと相なりました。今日より五日の後《のち》、配下の者が改めてお迎えに上がりますが、殿からも、待ちかねているとの厚きご伝言でございました。

玉子　それは、……真実《まこと》ですか？

松井　真実でございますとも。

玉子　されど、あの羽柴殿が、わたくしのことをようも……

松井　昨年六月二日、羽柴殿は信長公の一周忌をお済ませになりましたが、それから間もなく、目下大阪城となさっている石山本願寺にて直々殿に、玉造《たまつくり》に新邸なった暁《あかつき》には、遠慮なく妻子を呼び寄せよと申された由にございます。

玉子　玉造に新しいお邸を？

松井　はい。羽柴殿は今おいでの本願寺を、近く難攻不落の城に築き直すおつもりで、堺の商人衆なども、みな大阪に移すお考えに存じまするが、大名衆にも、新しい大阪城の周囲《まわり》に邸宅を構えさせる腹づもりにて、細川家は大阪城の東、玉造門の近くに新邸をとの仰せに存じまする。

玉子　つまりは新しい城を囲むように大名衆の新宅を配置し、臣下の命を家族もろとも羽柴殿が預かる、と云うことですか？

松井　左様なことになりまする。とにかく、奥方様ご帰館のお赦しは、そのための好餌《こうじ》かと……

玉子　…………

松井　伺うところによりますと、羽柴殿は、奥方様がこの味土野の山中にお隠れのことを、薄々知っておられたそうにございます。細川の気持はよう解ったと、羽柴殿は殿に申された由にございますが、この味土野に、あの方の追っ手がかからなかったのは、何よりでございました。ご帰館のあかつきには、奥方様は、殿や熊千代様やお長様とともに、幾久しゅうお過ごしになれます。

玉子　それは願ってもないこと。松井殿、わたくしのために色々お骨折り頂き、真に有難う存じました。心よりお礼申します。

松井　なんの勿体《もったい》ない。

玉子　それで、この山を下りた後、大阪へはいつ頃？

松井　玉造の新しいお邸は、まだ普請の最中にございます。取り敢《あ》えずは、昨年末に完成しました宮津城にお入り頂き、そこでゆっくりと殿やお子達とお寛ぎ頂きたく存じます。そうして、九月の初旬には、玉造のお邸も出来上がることでございましょうから、殿ともご相談の上、ご都合のよろしき時に、皆様ご一緒に、そちらへお移り頂ければと存じます。昨年羽柴殿のお赦しが出たのなら、なぜ今まで黙っていたのかと、あるいはお思いになるやも知れませぬが、他のことはともかく、奥方様を呼び戻してもよいという羽柴殿の此度《こたび》のお約束は、羽柴殿と徳川殿との反目も取り沙汰されている昨今、いつ反古《ほご》にされるやも知れず、かりにそのようなことになっても、細川家としては文句の言いようのないところ故、この件はしばらく様子を見ることと致し、周囲には伏せておいたがよかろうという大殿の思し召しで、かような次第となり申した。

玉子　色々お心配り頂き、有難い限りです。では早速明朝《みょうちょう》より、この家《や》を去る支度を始めましょうほどに。

松井　女人だけでは、その支度もさぞや大変でございましょう。何ぞ男手が入り用なときは、直ちにこの初之助に言うて下され。直ぐさま、男城のものを連れて参じます故。

玉子　お心遣い、忝《かたじけな》く存じます。

松井　それでは拙者、これにて失礼つかまつります。今宵は奥方様にご帰館頂く件で、男城のものと少々申し合わせ致さねばならぬこともございます故。

玉子　そうですか。色々とご厄介をおかけしますが、よしなにお取りはからいくださいますように。それから、村長《むらおさ》の長谷藤二郎殿に、そなたからもご挨拶頂ければ嬉しゅう思います。この二年の間、藤二郎殿には、一方《ひとかた》ならぬお世話になりました故。

松井　畏まってございます。それでは奥方様、ご免下さりませ。

（松井と配下のもの、玉子に深々とお辞儀し、座敷を出てゆく）

佳代　お方様、おめでとうございます。

玉子　有難う、佳代殿。長の間、そなたにも苦労をかけました。玉造への転居は体のよい人質なれど、子供達や殿とまた一緒に暮らせることは、やはり大きな喜びです。

佳代　それからお方様、大阪にお移りになれば、今ひとつ大きな楽しみが……

玉子　……右近様のことですか？　そう、あの方には是非ともお目にかかって、教えを請いたいと思います。この胸の奥に閊《つか》えているしこりを、もしも取り除くことが叶うなら、たとえ人質の身でありましょうとも、魂は、だれ憚《はばか》ることなく、すこやかに、おのが好みの歌をうたうことが出来ましょうほどに。

――幕――

九　（第三幕第一場）

天正十三（一五八五）年四月末。大阪・玉造の細川邸の奥座敷。ふらりと細川邸を訪れた高山右近を、忠興夫婦がもてなしている。玉子の傍には佳代が控えている。

忠興　右近、今日はほんによう来てくれたのう。味土野より帰ってから、お玉がしきりに貴公の話が聴きたいと申すもので、この玉造の邸に移ったら、早速貴公の邸に使者《つかい》をと思うていたのだが、こちらに来た途端、紀伊、四国の一揆征伐の話じゃろ。落ち着いて貴公を招《よ》ぶ心のゆとりものうて。

右近　それはこちらとて同じこと。なにしろ、羽柴殿は急《せ》かすお方だからのう。お主は蒲《がも》生氏郷《うじさと》殿と共に積善寺攻め、わしは根来寺《ねごろじ》に兵を向けることと相成ったが、共に凱旋できて何よりじゃ。わしは明日からしばらく高槻に帰る故、その前に一度お主と奥方に挨拶をと思ってのう。

忠興　左様か。わしも程なく宮津に戻るつもりじゃ。ともかく、今日は貴公とかよう歓談の時がもてて嬉しい。さあ、酒杯《さかずき》を空けるがよかろう。この丹後の地酒、なかなかいけるじゃろ。お玉、右近に酌を。

右近　忠興、そう急かさずともよいではないか。ゆっくり味おうている故。ふむ、確かにこれはよい酒じゃ。美味い！――ところでお主、今さっき、奥方がわしの話を所望していると言うたが、一体どのような話をお望みであろう。もしやキリシタンの……

玉子　右近様、お察しのとおりにございます。味土野におりましたとき、この佳代殿を通じてキリシタンの御教えに触れ、大層心搏《う》たれてございます。御仏の教えなどでは、ついぞ聞かれぬ、なにか大切なことが説かれているような気が致しました故。なれど、佳代殿の話からだけでは、よう掴《つか》めぬことがあったのも事実、そこのところをお解き明かし頂ければと……

忠興　公家出の佳代をお玉の侍女としたのは父上の発案で、そもそもは、お玉に公家風の慣習《しきたり》を習わせるのが狙いじゃった。幸い、佳代の父清原頼賢《よりかた》殿は、父上とは従兄弟《いとこ》の間柄でのう。ところが、蓋を開けてみれば、お玉が佳代から学んだのは、公家の慣習でのうて、キリシタンの教えじゃった。近頃では、一生懸命、『こんてむつすむん地』とか申す教理書を読んだり、ラテン語なる異国の言葉を習ったりしておるわ。

右近　よいではないか、それで。公家の慣習ならば、お母上がおられよう。お母上もたしか、清原氏の流れをくむ、公家の出であられるはず。

忠興　まあ、それはそうに違いないが……

（留守居役の小笠原少斎登場）

少斎　ご免つかまつります。殿、ただ今、大阪城より羽柴殿の使者《つかいのもの》が。（忠興の傍により耳打ちする）

忠興　そうか、相解った。すぐに参ろう。――右近、聞いてのとおり、たった今、羽柴殿より使者《つかい》が参った。わしはしばらく座をはずすが、お玉の話を聞いてやってくれ。お玉、この機会に、何なりと右近に訊《き》くがよい。お前の姿は男の心を惑わす故、妄《みだ》りに邸の外に出ることはまかりならぬが、邸内で右近に教えを請うことなら構わぬ。わしも右近も忙しゅうて滅多にない機会じゃ。大事に致せ。

（忠興、右の言葉を残し、少斎を従えて部屋を出る。玉子、右近、佳代の三人は忠興に一礼し、その場に留まる）

右近　（威儀を整えて）奥方は先程、キリシタンには、仏教などではついぞ聞かれぬ、何か大切なことが説かれているように思うと申されたが、何をもって、さよう仰いまする？

玉子　人の苦しみについての、捉え方でございましょうか。

右近　なるほど。

玉子　御仏の教えでは、わたくしの解しますに、苦悩をば、いかにも悪しきものと考えます。解脱とは、つまるところ、苦しみや悩みといった束縛から逃れることでございましょう。されどキリシタンにあっては、仏道の忌避するものをむしろ諾《うべな》いまする、それは、人の究極の幸福《しあわせ》に必須のものとして。

右近　仰る通りにござる。さすがは奥方、すでに事の本質を見抜いておられまするな。

玉子　いえ、そのようなことは決して。

右近　実を申さば、みどもが、仏道でのうて、キリシタンに惹かれたのもそこにござる。仏教徒の申すとおり、誰にとっても生は苦の種、一切皆苦じゃ。キリシタンとて、その認識は勿論あり申す。なれど、苦悩に対する両者の態度はまるで逆じゃ。仏教には、苦悩を進んで受け入れるだけの度量と深さがない。それ故、結局のところ、存在《もの》を否定し、無の中に逃げ込んでしまう、心身一如などと申してな。だが、キリシタンは違う。それは、苦しみを怖れるな、と教える。なぜなら、苦悩によって、却って人は清められ、高められ、新しく生まれ変わることができるからじゃ。

玉子　『こんてむつすむん地』には、「神の恵みが離れ去るとき、人は貧しく、力を失い、あたかも鞭《むち》うたれるに任されたもののようになるであろう。そうした折にも、あなたは打ち萎《しお》れたり、絶望したりしてはならない。むしろ平静な心で神意を迎え、すべてのできごとをイエス・キリストを賛《たた》えるために忍びおおすべきである。なぜとならば、冬についでは温暖の季節が来り、夜が明ければまた昼となる、あらしの後には、たいそうな天気の好さが続くものであるから」とございまする。

右近　正《まさ》しくその通り。奥方も、本能寺の変事によって、一挙にご両親はじめ一族の方々を失《な》くされ、また奥方ご自身も、二年もの間御夫君やお子達と別れ、味土野の深い山奥に幽閉されるという辛い目にお遭いなされた。なれど、いたずらに奥方を苦しめるために、苦難が与えられたのではござらぬ。真《まこと》の生命《いのち》は、御教えによれば、悲しみの日に植えられるもの故。

玉子　そう仰って頂くと、なにやら、心のうちよりふつふつと力が沸いて参ります。苦悩の浄化の力を信じ、それ故また、苦しみを必ず到来するはずのものと進んで受け入れることが、キリスト様の教えの核心、ということでございますね。

右近　仰る通りでござる、奥方。御教えに言う祝福とは、苦悩に他なりませぬ故。

玉子　佳代殿、味土野にいるとき、そなたは言うてくれましたね、もろもろの苦難がわたくしにとって、大きな恩寵と思うことが出来るように祈っていると。今そなたの言われたことが、はっきり解ったように思います。佳代殿はこう告げたかったのですね、人は本来苦難を喜ぶべきである。なぜならそれは、これより先、わたくしたちの上に咲き出ようとする、新しい真《まこと》の幸福の先触れであるからだと。

佳代　お方様にそのようにご理解頂けますなら、佳代にとって、これほど嬉しいことはございませぬ。

右近　奥方、聖書の中にはこうあり申す、「われらは、艱難をも喜んでいる。なぜなら、艱難は忍耐を生み出し、忍耐は練達を生み出し、練達は希望を生み出すことを、知っているからである。そして、希望は失望に終わることはない。なぜなら、われらに賜っている聖霊によって、神の愛がわれらの心に注がれているからである」と。

玉子　まあ、何という美しい聖言《みことば》でしょう。苦しみの中に、苦しみ以上の高い意味を見出すとき、それは、わたくしたちにとって、新しい希望、新しい生命《いのち》となるのですね。

右近　ただ今のものは、パウロなるキリスト様の高弟がローマ人に宛てて書いた書《ふみ》の中の一節にござる。聖書の中では、みどもが最も大切にしているもの。

玉子　まあ、左様でございましたか。いまの聖言は、これからのわたくしにとりましても、あるいは、一等大事なものとなるやもしれませぬ。——それで右近様、いまの御教えに関連して、ひとつどうしてもお伺いしたいことがあるのですが……

右近　はて、どういったことでござろう？

玉子　佳代殿が教えを請う神父様は、この世の悪は神が御《おわ》すことの証明《あかし》であると申されたそうですが、ただ今のキリスト様のお弟子のお言葉と、やはり深い関係《つながり》があるのでございましょうか。御教えでは、原罪ということを盛んに言い、人間《ひと》は生まれながらに罪を負わされているとも申されますが。

右近　難しいご質問でござるな。佳代殿にそう諭したのは、恐らくパアデレ・オルガンティーノと存ずるが、オルガンティーノ殿は、苦難は悪ではあれど、魂を清める力がある故、神がそれを人に授けた、とは申しておられぬはずじゃ。

玉子　では、神がおわすのに、人間《ひと》は何故これほど苦しまねばならぬのでございますか。苦しみは魂を浄化するという御教えは、確かにわたくしに、苦難に耐える力を授けてくれまする。されど、他方でわたくしには、お市様や伊也様、また父母の悲運を思うにつけ、もし神がこの世におわすのならば、何故その神は、この方達に救いの手を差し延べて下さらなかったのか、という思いが残るのでございます。右近様の申されるその神父様の仰る真意を、どうかわたくしにお解き明かし下さいませ。

右近　みどもの応答《こたえ》が果たして奥方の疑念を晴らすことが出来るか否か、はなはだ心許ないところではござるが、みどもはパアデレの言葉を次のように解しております。悪あるが故に神あり、とは、即ち、自由あるが故に神あり、ということであると。

玉子　自由？

右近　他の何ものによっても制限や束縛を受けず、自分の思うところに随って行為することにござる。聖書によれば、天地創造の業《わざ》において、神はまず創造主として現れまするが、みどもの思うところ、この最初の業は、根源《おおもと》の自由のうちに含まれている悪の可能性を、避けることが出来なかった。神は万物を造りたもうたが、われわれ人間の自由だけは、神によっては生み出されなかったのです。奥方が佳代殿より再三お聴きになっておられるはずのアダムとイヴの原罪の話は、みどもの理解では、神が根源の自由から生じる悪を避けることが出来なかったことの証拠《あかし》にござる。

玉子　もしもこの世がもっぱら善であり、濁《にご》りなきものならば、もはや神の必要はないと。

右近　仰る通りにござる。初めから、免《まぬが》れがたい理《ことわり》によって、普《あまね》く善であり澄み切っているような処は、無神の世界であり、生命《いのち》なき世界に他なりませぬ。お父上の本能寺での所行は、明智一族の滅亡を招いたという意味でも、確かに悪でござったろう。されど、お父上に罪を犯す自由が初めから奪われていたとすれば、お父上は、その身を取り巻く自然のただの反映、川面《かわも》を上流《うえ》から下流《した》へ流れる鞠《まり》と選ぶところがござるまい。そういう責任なき存在《もの》の世界に、善悪は無論のこと、人間《ひと》も神もおりませぬ。

玉子　川面に浮かぶ鞠が、水の勢いのままに、上流から下流へと流れゆくことのうちには、神と人間、生命《いのち》の本質はない、生命の世界は、事と次第によっては、敢《あ》えて流れに逆らい、川を下流から上流へ遡《さかのぼ》らんと意志することが出来るとき、初めて始まると。

右近　よくぞ申された、奥方。仰せの通りじゃ。物質《もの》に与えられたるは変更叶わぬ必然、自由な生命に与えられたるは、選択的意志に基づく当為にござる。されど、何が真《まこと》の当為かは、だれにも判らぬところ。そこに悪が生じ、忍びがたき苦しみが生まれる素地がある。悲劇《かなしみ》は人間の歩まねばならぬ道であり、われらの自由の試練ではありますまいか。

玉子　されど、この世が苦しみや悲しみに彩られておればこそ、恩寵もまた、深い意味を持つというもの。

右近　左様にござる。キリシタンの信徒の中にも、アダムとイヴが知恵の木の実を食べ、天上の楽園から追放されたことを、なにか人間の取り返しのつかぬ不幸のように言う人がおりますれど、みどもはそのようには考えませぬ。

玉子　…………

右近　人間が堕ちた存在であるというは、逆に申さば、われらは、それ以前は、高き処にいたということでござろう。その意味で、人間の堕落は、却《かえ》ってその偉大《おおき》さを示すもの。

玉子　聖書には、人間《ひと》は神の姿を象《かたど》って造られている、とあるとか。
右近　仰せの通りじゃ。この世に生きるわれらは、たとえ幾多の罪に汚れていようとも、いつかは、己れ自身をのり超え、神の偉大に近づく能力《ちから》を秘めているのでござる。
玉子　さればわたくしたちは、天上の楽園に別れを告げ、事物を価値づけ、それによって苦悩し、また死ぬことを選んだことを、後悔《くい》てはならぬと。
右近　さよう。われわれの魂は、いかに苦しくとも、己れ自身よりもさらに高い何ものかに向かって昇ろうと努めるとき、初めて高貴なものとなるのです。天上の楽園より転落《おち》ることがなければ、人間は、あるいは苦しみを知らず、もっとおおらかに暮らすことも出来たでござろう。されどそのような生活《くらし》に、高貴さは決して宿りは致しませぬ。もとは天を住処《すみか》としたわれらが、もし奈落の底からいま一度翔け昇るとすれば、その身は、顚堕《てんだ》の憂き目を見る前より、さらにまばゆい光輝につつまれているはず。
玉子　右近様の仰る、さらに高い何ものか、とは？
右近　奥方の聡明にして、左様なことがお判りにならぬはずがござるまい。
玉子　……魂の不滅、でございますか？
右近　左様にござる。われらの命を保つ一切は、魂の不滅という、この唯ひとつの理念《おもい》より出てくるのです。いかなる人間《ひと》もまたその生命《いのち》も、不滅の魂の名においてのみ、絶対の意義を持ち申す。

玉子　されば、わたくしたちの追い求める高貴さのすべては、まさにその成就達成のための努力の絶え間なさにこそ含まれていると申せますね。

右近　そう、その通り。人間は神の姿を象《かたど》って造られておる故、つねに自らに宿る神性を大事にし、より高きを目差して励むことが肝要じゃ。なれど、己れを神と思うことは、厳につつしまなければならぬ。その時、人間は必ず没落する故。その好例は、われらの身近にござる。

玉子　……信長様のことにございますか？

右近　さよう。右府殿はみどもの主君ではござったが、大きな過ちをおかして滅んでしまわれた。

玉子　…………

右近　奥方は、総見寺《そうけんじ》という寺のことをご存じか？

玉子　信長様のお建てになった寺院にございますね。詣でたことはございませんが、その謂《いわれ》はうかがっております。

右近　右府殿は、ご自身を礼拝させる場所として、あの寺を建立されたのじゃ。ご自分が死すべき人間ではのうて、万能の力を持った人神として崇められることを念じてのう。

佳代　信長様は生前、自分の誕生の日を聖日として参詣せよ、これを信ぜぬものは、現世はいうに及ばず、未来永劫に至るまで亡びると、申しておられたとか。

右近　仰るとおりじゃ。しかもその御利益というのが、富裕となり、子孫と長寿が与えられるという、世俗の垢にまみれたもの。神が人間《ひと》に宿ることが出来るには、富や享楽や名誉といったものこそ、真っ先に捨てねばならぬと申すのに。

玉子　財産《ざい》や長生きと倖《さいわい》とを同じものだと見なすなど、いかにも凡庸な錯覚。

右近　富や長寿は、人間の幸福にとって、欠くべからざるものではござらん。寧《むし》ろ、絶えずかようなものばかりを求めていると、必ずや魂を汚すことになり申そう。とにかく、自分を神だと見なした者は、神性を宿す人間の本性に赦されたものの境界《さかい》を踏み越えると、必ずや没落し、自分がただの卑しい生きものにすぎぬ事実をさらけだす、と云うことでござろう。右府殿は、たとえお父上によって倒されずとも、いずれは奈落の底へ突き落とされていたはず。

佳代　この現世《うつしよ》に生きるわたしたちよりもっと高い存在《もの》がないならば、神性を具《そな》えるわたしたちだとて、亦《また》ありはしない、ということでございますね。

右近　佳代殿、その通りにござる。人間は、人間そのものより高い本性によってのみ生きられまする。己れを超え、至高《いとたか》きを求めて励むものを、神は必ずやお救い下さいましょう。

玉子　……右近様、右近様の仰るその神父様は、いずこの教会堂に？

右近　オルガンティーノ殿でござるか。パアデレは上、すなわち京を中心とする地域の布教長をしておられる故、京の教会堂を拠点《あしば》としておられるが、この大阪の教会堂に出向かれることも多いと聞き申す。

佳代　大阪の教会堂なら、丁度大阪城の西にございまする、お方様。このお邸から半里ばかりのところに。

玉子　それならば、神父様にお目にかかることも出来るはず。なんとか、その機会を探さねば……

右近　奥方、奥方は、受洗なさるおつもりか？

玉子　はい。玉は本日右近様のお話を伺って、そう心に決めました。これより先は、天主《デウス》様にすべてを委ね、生きてゆこうと存じまする。ただ、忠興様は、ご承知のとおり、わたくしがこの邸を出ることをかたく禁じております。問題は、そこのところをどう致すか……

右近　忠興殿は、いかにも嫉妬深い男じゃ。奥方のご心労、お察し申す。彼女《あれ》を見て、よその男が懸想《けそう》すると困る故、お玉は断じて邸の外へは出さぬとは、日頃の忠興殿の言い種《ぐさ》じゃが、実のところ、彼《あれ》は、羽柴殿が奥方に目を付けるのを懸念しているのでござるよ。なにしろ、羽柴殿は無類の女好きで、隙をうかがっては家臣の奥方を慰みものにしているとの専らの噂。しかも奥方は、惟任殿のご息女じゃ。

佳代　だとしましても、外出が厳禁とは、あまりに惨《むご》うございます。

右近　同感じゃ。だが、それが、忠興殿一流の愛し方なのでござろう。奥方、お辛いこととは存ずるが、いま申された通り、すべてを神に委ねて辛抱強く待たれよ、機会はいずれ必ず訪れます故。

玉子　はい、そのつもりでおります。

右近　今日はかよう奥方や佳代殿と実のある話が出来て倖でござった。お礼と申しては何でござるが、これより一節《ひとふし》、みどもが高槻の神学校《セミナリヨ》で覚えた賛美歌をばご披露致そう。

（右近はそう言って懐から篠笛《しのぶえ》を取り出し、吹き始める。玉子と佳代、うっとりとその美しい調べに聴き入る）

玉子　まあ、何と美しい調べでございましょう。思わず、わたくし自身が清められ、神に召されて天《てん》国に昇ってゆく姿が目に浮かびましてございます。して、いまのお歌の題名は？

右近　「救贖《きゅうしょく》」と申します。

佳代　わたしも、この賛美歌は初めてにございます。哀しくはございますが、ほんに魂を清められるような美しい調べで……

玉子　右近様、玉はまたこうして右近様にお目にかかり、右近様のお話がおうかがいしとうございます。お会いする機会はこれまで幾度もありながら、右近様がこれほど深い信仰をお持ちだとはつゆ知らず、たわいのないことばかりお話ししてきたことが今は悔やまれます。

右近　今も申したように、みどもも奥方と、久方ぶりに実のある話が出来て、実に楽しゅうござった。この先またかような機会があればと存ずる。忠興殿は信仰には無縁のお方故、なかなか難しいことではござろうが……

玉子　されど、玉はこれから先も、右近様にお目にかかりとうございます。ただ今の賛美歌も、右近様のお笛でもっともっとお聴きしたい。

右近　……奥方は、ラテン語をお習いになっていると申しておられましたな。

玉子　は、はい。まだ始めて日が浅く、難しいものは読めませぬが。

右近　みどもが手許に置いているラテン語訳聖書をお貸し申そう。

玉子　まあ嬉しい！　されど、それでは右近様が……

右近　みどもはポルトガル語の聖書も持っておる故、不自由はござらん。みどもの聖書が奥方のお役に立つなら、これほど嬉しいことはございませぬ。

玉子　『こんてむつすむん地』には、聖書よりの引用が数多くございまする。もしも右近様お持ちのものをお借りできれば、御教えをより深く理解できます故、わたくしとて、これほど有難いことはございませぬが……

右近　では、近々側役のものに届けさせます故、いつまでも、お心おきなくお使い下され。

玉子　もったいなきお言葉、玉はお貸し頂くその聖書を、右近様だと思うて、大切に学ばせて頂きまする。

（玉子の右の科白が終わった直後、忠興登場）

忠興　右近、長う座をはずして悪かったのう。

右近　羽柴殿からの使者《つかい》はいかがであった？

忠興　いや、たいしたことではない。気にせんでくれ。それより、ここへ戻ってくる途中、なにやら珍しい笛の音《ね》が聞こえたが、あれは貴公の笛か？

右近　いかにも。この丹後の地酒がちとまわってきたので、余興にな。

忠興　おお、そうであったか。ならばいま一度それを吹いて、わしにも聞かせてくれぬか。とにかく、耳新しいものであった故な。

右近　よかろう。

（右近、手にしていた篠笛を再度唇にあて、奏で始める）

十　（第三幕第二場）

天正十五（一五八七）年二月中旬。舞台は前場に同じ。玉子付きの侍女達が、玉子の声に合わせて、『こんてむつすむん地』の文言を唱えている。

玉子　「かるが故に運を開かんと思はば、合戦の覚悟をすべし。合戦の忠功を抽《ぬき》んでずして、利運の冠を得ることあるべからず」

侍女達　「かるが故に運を開かんと思はば、合戦の覚悟をすべし。合戦の忠功を抽んでずして、利運の冠を得ることあるべからず」

玉子　「もし凌ぎ難しと思うに於いては、冠を辞退するものなり、冠を得たく思うに於いては、勇猛に戦い堪忍をすべし。辛労なくして寛ぎに至ること叶わず、戦いなくして勝利を得ず」

侍女達　「もし凌ぎ難しと思うに於いては、冠を辞退するものなり、冠を得たく思うに於いては、勇猛に戦い堪忍をすべし。辛労なくして寛ぎに至ること叶わず、戦いなくして勝利を得ず」

（ここまで唱和が続いたとき、急に襖が開いて、忠興登場）

忠興　（上機嫌で）おお、やっておるな。亦『こんてむつすむん地』か。この奥の棟も、今ではまるでキリシタンの教会堂よのう。

玉子　まあ、これはお殿様、お出迎えにも上がらず大変失礼致しました。ご無礼の段、なにとぞお赦し下さいませ。今朝ご登城の際、本日は、いよいよ間近となった秀吉公の九州鎮圧についての重要なご軍議のため、ご帰館は早くとも夕刻と伺いましたので、こうして皆で、御教えを唱和致しておりました。すぐにお召し替えの支度を……（ト立ち上がろうとする）

忠興　（玉子とともに侍女達が慌てて席を立とうとするなか）いや、そのまま、そのまま。唱和を続けるがよい。わしはこれより、少斎と少し話がある故。着替えはその後と致そうぞ。――お玉、島津征伐は、これより十日の後と相なった。わしは秀吉殿直々の指揮下に入る。長く邸を空けることとなるが、その心づもりでな。

玉子　かしこまりましてございます。（ト一礼する）

（忠興、玉子のお辞儀する姿を見て、そのまま部屋を出てゆこうとするが、二三歩歩いたところで、突如思い出したように振り返り、再び玉子を見る）

忠興　お玉、今日軍議の前に、秀吉殿が言っておったぞ、キリシタンはよい宗教じゃが、わしは絶対入信《はい》らぬとな。関白殿の言葉に、それはまた何故でござると、傍の黒田殿が訊《き》くと、秀吉殿は即座に応えた、神がモーゼとやらに与えた訓戒に、「汝、姦淫するなかれ」とあるからじゃとな。お玉、そこはわしも関白殿と同じじゃ。男子たるもの、あの戒《いまし》めだけはどうにも受け入れ難い。黒田殿や小西殿は、今度右近の説法を聴いて、とうとうキリシタンになったそうじゃがな。あっははは。まあ、ともかく信仰は本人次第、そちらは、よき信徒となるようせいぜい励むがよいわ。

（忠興、そう言い放って、座敷を出てゆく）

佳代　（忠興の足音が遠のくや）お方様！

玉子　ようやく、その機会が参ったようですね。教会堂に参るには、そなたたちの援けが入り用です。力になってくれますか。

霜　わたしたちとお方様との心はひとつ。何なりと、お申し付け下さりませ、どのようなことでも致します故。

夕　して、お方様、教会堂へは、いかようなお手筈で？

玉子　――教会堂へ参るのは、今度の、彼岸の中日と致そうと思います。この日ならば、そなたたちも、お寺参りやお墓参りが赦されておりまする。殿が九州に向かうとあらば、自然邸内の殿方の数も少なくなり、警護の手も薄くなりましょう。そなたたちの群れに紛れて邸を出ることならば、そう難しゅうはないはず。

佳代　（他の侍女達に向かって）お方様には、彼岸の中日の三日ばかり前より、風邪と称してお床に就《つ》いて頂きます。当日が参りましたら、お午《ひる》すぎ、わたしの小袖をお召し頂いて、皆様が外出時になさると同様、かつぎでお顔をお隠し頂きます。そして、素速く裏門より……

加賀　それはご名案、きっと旨くゆきまする。邸内警護の殿方に、お方様のお顔を知るものはおりませぬ故。

玉子　そうと決まりましたら、皆様、次の「如何に御主わが生まれ付きには難く思うことを」より『こんてむつすむん地』を唱和致しましょう。神の恩恵《めぐみ》によって、此度《こたび》のことが都合よう運びますように。

十一（第三幕第三場）

二十日後の午後。大阪の教会堂。祭壇には、黄色いれんぎょうの花が飾られ、マリアとキリストの像が立っている。静寂につつまれた堂内で、佳代と霜に伴われた玉子は、荊棘《いばら》の冠を戴いた十字架上のキリスト像に魅入っている。

玉子　十字架に釘づけられたキリスト様の、なんと痛々しいこと。されどその眼差しは、いかにも慈しみに充ちています、海のように深い。

霜　御仏の像とは、趣《おもむき》が大層異なりまする。

佳代　仰せのとおり、キリスト様の眼《まなこ》には、いずれのものにも、おみ足を釘づけにされているとは思えぬ優しさがこもってございます。

玉子　あの眼差しにあふれる慈愛こそは、真《まこと》の悲しみを知ったものだけに具わるもの。「父なる神よ、これらの人々を赦し給え。その為《な》すところを知らざればなり」とは、ご自分を十字架につけた者たちのために祈られた、キリスト様最後の御言葉でしたね、佳代殿。

佳代　左様にございます。キリスト様は、ご自分を迫害した者たちのために祈られました。

玉子　あのお顔を拝見していると、なおさらに、その御言葉が胸に迫ります。今しもそのお口から、わたくしたちに語りかける御声が聞こえてきますような……

（修道士高井コスメ登場）

高井　何かご用でいらっしゃいまするか。私は、当教会堂の修道士《イルマン》、高井コスメと申すもの。

佳代　お初にお目にかかります。この場でお名前を申し上げるのは、事情により、差し控えさせて頂きますが、こちらにおわしますのは、さるお屋敷の奥方様にございます。本日、オルガンティーノ神父は、こちらにいらっしゃいましょうか？

コスメ　パアデレ・オルガンティーノですか？　生憎、今日こちらにはお見えになっておりませぬが。パアデレに、いかようなご用件でございましょう？

玉子　洗礼を、お受けしたく存じます。

コスメ　（狼狽して）洗礼を、この場ででございますか？

玉子　左様に存じます。こちらに参るのは、もしかすると、これが最初で最後になるやも知れませぬ故。

佳代　それはあまりに唐突なと、あるいはお考えになるかも知れませぬが、お方様は三年前よりラテン語訳聖書をお読みで、『こんてむつすむん地』も、すべて諳《そら》んじておいでにございます。キリスト様がわたくしども罪深きもののために十字架にかかられましたこと、亦そのキリスト様を信じるものこそ救われることを、お方様はよくご存じにございます。どうぞこの場で、お方様に洗礼を！

コスメ　……判りました。オルガンティーノ神父はいらっしゃいませぬが、セスペデス神父ならおられまする。あたかも今日は、キリストの蘇りを祝う復活節《イースター》、受洗のこと、パアデレに相談してみましょう。

（コスメ、そう言い残して奥へ消える）

玉子　（いかにも嬉しそうに）佳代殿、霜殿、いまの修士様のお言葉、聞かれましたか。今日は復活節なのですって。

霜　かようにお目出たい日に、教会堂に詣で、洗礼をお受けあそばすなど、きっと神のお恩恵《めぐみ》にございますわ。

玉子　わたくしもそう思います。それに、ただ今の修士様も、ご誠実で大層ご立派なご様子でした。以前佳代殿から、安土の神学校《セミナリヨ》を優秀な成績で出られ、目下九州の有馬で布教活動にたずさわっておられるという三木パウロ様のことを伺ったことがありますが、近頃は、わたくしたち大和の国のものの間からも、立派なキリシタンの聖職者が育ってきておりますのね。

佳代　そのようでございますね。三木様は、イエズス会巡察師アレッサンドロ・ヴァリニャーノ様の覚えもめでたく、あの方の説教が始まると、大人はもとより、赤子でさえ泣きやんで耳を傾ける由にございます。

玉子　まあ、それほどまでに徳の高い……

（パアデレ・セスペデス、コスメを伴って登場）

セスペデス　（たどたどしい日本語で）ヨク、オコシクダサイマシタ。アナタノコト、イルマン・コスメヨリ聞キマシタ。デモ、イマスグノ洗礼デキマセン。信仰ハ、命ガケノコト。ナガイ準備、祈リ、タイセツデス。マタ、オイデクダサイ。パアデレ・オルガンティーノニハ、アナタノコト、オツタエシマス。

玉子　神父様、わたくしは二度とはここに伺えませぬ。何とぞ、何とぞ洗礼を！

セスペデス　ナゼ、ソンナニ急グノデス。オナマエ、言ッテクダサイ。

玉子　お赦し下さいませ。故あって、名前は申し上げられませぬ。
セスペデス　ソレ、コマリマス。
玉子　（はらはらと涙をこぼしながら）名前を、わたくしの名前を申し上げねば、どうあっても、洗礼をお授け下さいませぬか、神父様……
（玉子が右の科白を言い終わるや、聖堂の戸が開けられ、小笠原少斎と配下の者六名が堂内に入ってくる）
少斎　おお、ここにおられましたか！（玉子の前に平伏する）
玉子　少斎、どうしてここが……
少斎　大阪の寺という寺、いや、もう必死でお探し申しましたぞ。さ、直ぐにお帰り下さりませ。
玉子　少斎、情けじゃ。今しばらくの時を、ここに……
少斎　なりませぬ。このことが殿のお耳に入らば、いかなるきついお咎《とが》めを受けるや知れませぬ。さ、奥方を、お輿《こし》にお乗せ申せ。
（この少斎の言葉に、配下の者は玉子を取り囲み、無理矢理教会堂の外へ連れ出す。佳代と霜、思わぬ事態にすっかり萎縮し、少斎の指示に順《したが》い、力なく玉子の後についてゆく）
少斎　（セスペデスとコスメに向かって）突然のご無礼、平にご容赦下され。訳あって、いずれの家中かは申し上げられませぬが、本日のことは、どうかくれぐれもご内密に。

（少斎、そう言って二人に深々と頭を垂れた後、急いで聖堂を後にする）

十二 （第三幕第四場）

一ヶ月後。舞台は玉造の細川邸奥座敷。玉子がお付きの侍女達を前に、手紙を読んでいる。手紙の送り主はオルガンティーノで、玉子の傍には、この神父から贈られた『こんてむつすむん地』が、解《ほど》いた包み紙とともに置かれている。

佳代　お方様、して、パアデレ・オルガンティーノは一体何と？

玉子　神父様は、あの日の不在を詫びておいでです。外出《で》にくいなか、折角お越し頂いたのに、お目にかかってお話を伺うことも出来ず云々と。先に佳代殿に託した神父様宛の書《ふみ》には、差出人の名を玉としか書きませなんだのに、このご返事の宛名には、細川という苗字まではっきり記されておりまする。察するに、オルガンティーノ様はじめ教会堂の方々には、大凡《おおよそ》わたくしの素性が知られているようですね。あの折セスペデス様は、どうやら、わたくしのことを秀吉様のご側室と思われたようです。

佳代　いくら懇願されたとて、関白様のご側室に、軽々しゅう授洗はできぬ道理でございます。パアデレ様のお立場からすれば、正室でない女《おなご》に、秘蹟を授けることが果たして赦されるのかという、教義上の疑問もおありになったことでございましょうし。

玉子　仰るとおり、教理上の疑義は大きいかも知れませぬ。側室だとて、救われるべき哀れな小羊だとは、お思いになられたことでしょうけれど。

霜　それにしても、お方様のことが、何故すんなりと先方に？

佳代　それはおそらく、輿《こし》で連れ去られるお方様の後を、教会堂の誰かが、追《つ》けたからでございましょう。パアデレ・セスペデスは、輿がこの細川邸に入ったとの報《ほう》告を受け、きっとお喜びになったはず。

玉子　そうでしょうか。

佳代　受洗を望む女性《にょしょう》は有力大名のご正室。しかもその方は、聖書や『こんてむつすむん地』に深く通じておいでです。さような貴《とうと》いお方を、会士の方々が頼もしがらぬはずはございませぬ。

玉子　その辺りのことはよう判りませぬが、そなたの勧めるままに、わたくしの信仰に寄せる思いを、オルガンティーノ様に宛てて認《したた》めたのは良いことでした。神父様は、いずれわたくしに、洗礼を授けると仰って下さっています。それに、こうして『こんてむつすむん地』の写本を下さって……。これは、今まで読んできた佳代殿のご本と同じもの。有難い限りです。

佳代　受洗は、殿が九州からお還《かえ》りになってからに？

玉子　そのつもりです。この上はもう何も隠し立てせず、殿に思うところを申し上げ、受洗のお允可《ゆるし》を頂くつもりです。殿の付き添いで教会堂に参ることも考えましたが、この際オルガンティーノ様に、当家にご足労願う方が、事が容易に運ぶかも知れませぬ。いずれにせよ、関白様はキリシタンを悪くは思っておられぬご様子、殿もわたくしの願いを快うお聞き届け下さるものと思います。

夕　そうでございましょうとも。

玉子　それから、今オルガンティーノ様のお書《ふみ》を拝見していて思ったのですが、わたくしはこれより、ラテン語訳聖書の一部を大和のことばに直そうと思います、『こんてむつすむん地』同様、それを皆様と唱和できるように。

霜　お方様、それは真《まこと》にご立派なお考え！

加賀　わたしも一度、聖書を読んでみとうございました。

佳代　それでお方様、聖書のどのお話をお訳しに？

玉子　パウロ様の「ローマ人への書《ふみ》」をと、思っています。

佳代　（にっこりと微笑んで）それは素晴らしゅうございます。是非ともおやり下さいませ。

玉子　それで佳代殿、この件で、そなたにひとつお願いがあるのです。

佳代　何でございましょう？

玉子　わたくしのラテン語の読解力《ちから》は、右近様とちがって、まだまだ未熟。聖言《みことば》の意味が掴《つか》めなかったり、それを取り違えることも多いはず。ですから、わたくしの訳文を、オルガンティーノ様に見て頂こうと思います。神父様は少なくとも月に二度、二日と十五日に、この大阪にお越しになる由故。それで佳代殿、そなたはこの奥の中では一番自由に外出を赦されている身、これより、わたくしに代わって教会堂に通い、オルガンティーノ様に、わたくしの訳したものをご覧頂くのです。後ほど、『こんてむつすむん地』のお礼をかねて、お願いの書《ふみ》を認《したた》めましょうほどに。

佳代　まあ、何と幸せなお務めでございましょう。

玉子　そうして佳代殿、あちらに参る折は、必ずここのお仲間を、代わる代わる連れてお行きなさい。皆が教会堂になじみ、御教えが聞けるように。洗礼も、その決心がついた人から、わたくしに構わず、お授け頂いたらよいかと思います。受洗しなかったばかりに、命尽きてから、救いが得られぬようなことになっては困ります故。

侍女達　お方様、なんとお優しい……

玉子　そなた達が、かようわたくしの考えに賛同してくれたことを、嬉しく思います。こうしていると、不思議なことに、この不自由な生活《くらし》も、なにやら愉しいもののように思われます。それでは皆様、『こんてむつすむん地』を今一度、巻第三第四十七「わが無事を人間の上に持つべからざること」より唱和致しましょう。

十三　（第三幕第五場）

三月《みつき》後。舞台は前場に同じ。玉子が聖書の翻訳に勤しんでいる。その傍では、侍女の澄が玉子の訳稿を清書している。

玉子　澄殿、わたくしの訳文に、どこぞ判りづらい箇所《ところ》はありませぬか。あれば遠慮のう言うて下され。オルガンティーノ様に後ほど朱筆を入れて頂くとは申せ、その前に、まずはそなた達の意見を聞きたく思います。

澄　滅相もございません。ラテン語を存ぜぬものが、お方様のお訳しになったものに、あれこれ口出しするなど、あまりに畏《おそ》れ多いことで……

玉子　ラテン語が判らないからこそ、そなたのような人にお読み頂き、書かれていることに得心できるかどうか、知りたいのです。訳者にはたとえ申し分なきものと映っても、元の書物《ふみ》に馴染まぬものには、さっぱり合点がゆかぬ、ということもありまする。されば、どうか遠慮のう率直に。

澄　拝見する限り、さような箇所はないものと。それどころか、こなれた、大層美しいお訳文と拝見致しまする。

（佳代と、二人の侍女糸と夕が慌てふためいて座敷に入って来、玉子の前に平伏する）

佳代　お方様、遅うなって申し訳ございませぬ。わ、わずか十日あまり教会堂に参らぬうちに、大変なことと相成りましてございます。

玉子　大変なこと？　まさか、オルガンティーノ様が重篤《じゅうとく》なご病気に？

糸　いいえ、パアデレ様はお健やかにいらっしゃいます。お方様のお訳文を、いつものように、大層お褒めでございました。

佳代　（オルガンティーノが朱筆を入れた訳稿の入った包みを玉子に差し出し）まずはお預かりしたものをこちらに。どうぞご査収下さいませ。

玉子　（包みをほどき、中の訂正をほどこされた訳文を確認してから）たしかに。佳代殿、糸殿、夕殿、暑いなか、ご苦労様でした。……して、大変なことと申されるのは？

佳代　お方様、愕きなされませぬように。秀吉公が、先頃九州にて、キリシタン禁制を発布なされた由にございます。

玉子　なんと、秀吉様がキリシタン禁制を？

夕　は、はい。……お方様、そればかりか、宣教師国外追放令とやらも同時に。

玉子　まさか、そのような。関白様は、大のキリシタン贔屓《びいき》のはずではございませぬか。これより四年前、大阪城下に教会堂を建立したいとのオルガンティーノ様のご要望を、快くお聞き入れになったのも殿下ご本人のはず。

佳代　左様にございます。島津征伐の折なども、秀吉公は一同に告解や聖体拝領までさせ、旗標《はたじるし》も十字《クルス》に揃えられたとか。

玉子　その秀吉様が、何故いま、突然キリシタン禁制を……

糸　判りませぬ。なれどパアデレ様たちも、二十日以内に、この大和の国を去らねばならぬとの、お達しだそうにございます。

玉子　二十日以内？　信じられませぬ。

佳代　されどお方様、この度は高山様も……

玉子　右近様？　右近様がどうなされたというのです。

佳代　高山様は、ご禁制第一の槍玉にあげられ、キリシタンを捨てねば領地没収との使いを立てられ、改宗を迫られましたとか。

澄　まあ！
玉子　それで右近様は？
佳代　はい、お方様。高山様は平然として、その儀をお受けになられました由。
玉子　（深く感動して）まあ、さすがは右近様、なんという潔《いさぎよ》さ！
佳代　それでお方様、ご受洗の件にございますが……
玉子　（ハッとわれに返り）そうでした。キリシタンがご禁制になったとあらば、もはや一刻の猶予も許されませぬ。神父様がこちらにおいでになる二十日以内に、何としても洗礼を受けねば。
佳代　お方様、お言葉ではございますが、今も申し上げましたように、改宗を拒まれた高山様は、即座にご領地没収となりました。パアデレ様の仰いますに、お方様が万一受洗なさり、キリシタンにおなりになったとあらば、この細川家もいつ没収の憂き目にあうか計り知れず、その上お方様は……
玉子　明智光秀の娘と申されるか。
佳代　オルガンティーノ様は、その二つのことを、大層ご懸念なさっておられます。身軽なわたしたち侍女とお方様とでは、立場があまりに違います故。
玉子　わたくしは、確かに、細川忠興の妻であり、明智光秀の娘です。されど今は、神《デウス》の御血潮により、高山右近様と兄妹《きょうだい》になることの方を選びたく思います。秀吉様は、いかに位は人臣を極めても、所詮《しょせん》一人の人間、たとえわたくしどもの身体を滅ぼし得ても、魂まで滅ぼすことは叶いますまい。関白様の、何を怖れましょうぞ。

侍女達　お方様！

玉子　ご禁制のおかげで、キリスト様にならい、今こそ迫害を受ける光栄に預からせて頂けるのです。神のお導きにより、永遠の命に入らせて頂けるとは、何という幸福《さいわい》！　さ、何とかして、教会堂に参る手立てを考えねば。

佳代　これを申し上げる前に、必ずお方様のご意志を確認せよと、パアデレ様から仰せつかったのですが、状況がかようなことになっても、あくまで受洗すると思し召すなら、お方様、ひとつだけ、その手段がございます。

玉子　えっ、それはどのような？　この邸を出る、何かよい手立てがあると申されるのですか？

佳代　お方様の願いを叶えますのに、このお邸を出る必要はございませぬ。

玉子　なんと、この邸を出ずして、洗礼を受けることができると。

佳代　はい。

玉子　それは、いかにして？

佳代　オルガンティーノ様は仰せです、もしもお方様のご決意がかたいのであれば、洗礼の授け方をこちらより教わり、その役目をわたしが果たせと。

玉子　まあ、それは願ってもないこと。これまで、それをなし得るのは、神父様のみと思っておりました。佳代殿、真《まこと》にご苦労様ですが、これより直ちに教会堂に取って返し、オルガンティーノ様にお伝え下さい、わたくしは、佳代殿より、洗礼の秘蹟を受けますと。

佳代　承知つかまつりました！

十四　（第三幕第六場）

天正十六（一五八八）年十一月。大阪・玉造の細川邸の表書院。忠興と家臣の小笠原少斎、河喜多石見、稲富鉄之介が歓談している。

少斎　殿、太閤殿のご勘気がとけて、よろしゅうございましたな。

忠興　秀吉殿のキリシタン迫害が緩《ゆる》んだことか。

少斎　左様にございまする。あの折には、伴天連《ばてれん》追放令なども出ましたが、結局のところ、この大和の国を退去した宣教師は一人もいなかったようで。ひところ九州に身を隠していたあの者達も、今は大方こちらに戻ってきておりますそうな。

忠興　だが少斎、あの時は真実大事《まことおおごと》じゃったぞ。例の島津征伐の最中《さなか》、コエリョと申す新任の宣教師が、九州のキリシタン大名を意のままに動かすのを目の当たりにして、秀吉殿はその政治力《ちから》を脅威に感じ、島津が降伏するや、滞在先の博多で、直ちにキリシタン禁教令を発したのだが、これを間近に見てこちらの背筋が寒うなったのは、勿論お玉のことがあったからじゃ。だが大急ぎで帰陣し、彼女《あれ》に、即刻キリシタンを捨てるよう言うと、愕くなかれ、お玉ばかりか、彼女に仕える奥の侍女達全部が既に洗礼を受け、キリシタンになったと申すではないか。その言い種に、こちらも一気に逆上し、お玉の胸ぐらつかんで、そちはこの細川の家を取り潰すつもりか、と怒鳴りつけたのじゃ。だが、彼女は平然と応えたものよ、信仰を捨てよとのお言葉だけは、たとえ殺されようとも順《したが》うわけには参りませぬ、とな。そこで今度は白刃《はくじん》を突きつけ、今一度、キリシタンを捨てねばこの場で斬る、とお玉に迫った。だがまさにその時、彼女の侍女すべてが座敷に詰めかけ、声を揃えて叫んだのじゃ、お方様を成敗あそばすなら、先ずわたくしたちを成敗なされませ、とな。キリシタンの一致団結の強さは、正《まさ》しく恐るべきもの。秀吉殿があの者達を脅威に思うたのも無理はない。

河喜多　キリシタン大名のうちでも、小西行長、黒田官兵衛、高山右近などは、殊に実力者であられますからな。

稲富　あの御仁達が、もしも一致団結して、太閤殿ではなく、神父の命令《めい》に随《したが》うようなことに相成れば、今その実現が目前に迫った天下統一も、あるいは砂上の楼閣になりかねぬと、太閤殿は危惧なさったのでござろう。

忠興　現に右近は、棄教を迫る秀吉殿の命令には順《したが》わなかった。領地没収という、死よりも辛い罰を受けてもな。

少斎　一等頼みとしていた高山殿が、信仰を採り、主君の命に服さなかったことは、太閤殿にも、それは衝撃でござったろう。

忠興　お玉もよく、こと天主《デウス》に関する限り、いささかの不実も赦されませぬ、と口にする。だが、わしには解らぬ、目に見えぬデウスとやらが、何故、自分の地位や領地や命よりも大切なのか。ああ、お玉がキリシタンになってくれたお蔭で、彼女《あれ》が段々わしから遠ざかってゆくような気がするわ。

河喜多　なれど殿は、それ故にこそ、奥方様のことが、なおさら愛しゅうなられるのでございましょう？　先頃は、奥方様のおいでになる奥棟に聖堂をお造りになられましたが、今度はまたその近くに、孤児院をば設けられますとか。

忠興　そうじゃ。彼女《あれ》のキリシタン名は、玉の名に因《ちな》んで伽羅奢《ガラシャ》というのだそうじゃが、それには神の恩寵《めぐみ》の意味もあるそうでのう。お玉にその名を授けた神父より、絶えず神の恩恵《めぐみ》を受け、進んでそれを他に頒《わ》かつよう言われたもので、彼女はその気になったのよ。まあわしとしては、秀吉殿の迫害さえ緩《ゆる》めば、お玉が何を信じて暮らそうと、一向構いはせぬ。父上も、信仰は当人の自由と、彼女の肩を持たれるしな。お玉は、こと信仰については一歩も退《ひ》かぬが、その他のことでは、いたって貞淑な女《おなご》じゃ。わしが何を言うても、口答えなど一切せぬ。まあ、わしとしては、それでよいと思っておる。

稲富　それにしても、太閤殿はなぜ、キリシタン迫害をお緩めに？

忠興　おお、それか。その理由《わけ》はのう、貿易じゃ。

稲富　貿易、と申されますと？

忠興　この九月、エマヌエロ・ロベスなるポルトガル商人が、宣教師たちを本国に連れ帰るべく、大商船で長崎を訪れ、秀吉殿に謁見した。宣教師は追放しても、ポルトガルとの貿易だけは望んでいた太閤殿は、このロベスを大いに歓待したのだが、ロベスはこの席で言ったのじゃ、われわれ商人も、もはや貴国に伺うことが出来なくなったとな。

河喜多　それはまた何故？

忠興　ポルトガル人のほとんどが天主《デウス》を信じておる故、宣教師のおらぬ国に商船は廻さぬ、というのが国王の意向じゃそうでの。

稲富　なるほど。太閤殿も、痛いところを突かれましたな。

忠興　そういうことじゃ。

河喜多　しかしこれで、少なくとも当座の間、当家の心配事もなくなり申した。

忠興　そうでもなかろう。一難去って、また一難じゃ。

小斎　奥方様の、京への転居のことでございまするか？

忠興　そうよ。来年春にも、秀吉殿は、小田原の北条を攻めるおつもりじゃ。

稲富　北条征伐が了《お》われれば、いよいよ太閤殿の天下統一が実現《な》り申す。

忠興　だが秀吉殿は、北条攻めにかかる前に、わしらに、妻子を京へ移せと言う。家臣の中に、北条方につくものが出るのを予《あらかじ》め防ぐのが狙いじゃ。

河喜多　何かといえば、すぐに人質、太閤殿の猜疑心の強いのには、真実《まこと》閉口ですな。

忠興　京には、この大阪よりももっと大きな教会堂がある。右近や小西殿も、そこへ詣でているそうな。今度の北条攻めで、秀吉殿が畿内を離れるのは有難い限りじゃが、彼女《あれ》のこと故、わしの留守中、天主のためと称して、また何か、こちらの胆を冷やすようなことをしでかさぬとも限らぬ。お玉の言動には、そなたたちも、よくよく注意を怠らぬようにな。

小斎・河喜多・稲富　はは。

十五（第三幕第七場）

慶長三（一五九八）年八月末。大阪・玉造の細川邸奥座敷。

玉子　まあ、美和殿は、三木パウロ様ほか二十五名の信徒の方々が、長崎で十字架の刑に処せられる様を、ご覧になったと申されますか。

美和　左様にございます。わたしは長崎に嫁ぎましてから、今年でかれこれ十六年になりますが、刑の執り行われた立山は、いまの住居《すまい》のほんに目と鼻の先、御教えについて多くを学んだ三木様とそのお仲間とを、どうしてもお見送り致したく、一昨年の十二月十九日には、朝より刑場の竹矢来の一番先に立ち、その一部始終をこの目に焼き付けましてございます。思い返しますに、わたしと磔刑に処せられた三木様たちとは、浅からぬご縁がございまして、畿内で捕らえられたあの方たちが、長崎に送られるべく、その年の十一月下旬、堺の港を発たれたときには、わたしもまた同じ堺の実家に帰っておりまして、夜半、数珠つなぎになって歩いてゆかれる三木様たちを、沿道よりお見送りすることができました。

玉子　わたくしも三木様たちの護送の話をうかがい、なんとしてもお見送りをと思ったものの、厳しい警護の目に阻まれて果たせませず、代わりに、こちらの佳代殿や加賀殿に港まで駆けつけて頂きました。三木様たちは、警吏に鞭で追われながらお歩きになっていらした由ですが、悲しい面持ちの方は一人としておらず、そのお顔は悉《ことごと》く輝いていたとか。

美和　左様にございます。あの折先頭をお歩きになっていた三木様は、まさにわたしの前をお通りになるとき、ふいに一同を振り返り、朗々たるお声で申されました、「われらは、主とともに十字架につけられる光栄に与《あず》かった。その光栄あるものに相応《ふさわ》しく、天主《デウス》の聖名《みな》を褒め称えつつ歩もうではないか」と。

玉子　そのお話、わたくしも佳代殿や加賀殿より伺い、思わず胸が熱うなりました。いかなる苦難も、勇気をもって忍耐することこそ最高の勝利に至る道であり、信仰を有するものにとっては、死もまた永遠《とわ》の生命《いのち》への門にすぎぬということを、身をもって示された三木様は、真実《まこと》キリシタンの鑑《かがみ》です。しかるべき時には、わたくしも是非三木様のようでありたいと思います。……それで、三木様の立山での最期のお言葉は、覚えておいでですか？　聞くところによれば、十字架上から、刑場に集まった町衆や信徒の人々に、長い説教をなさったとか。

美和　仰るとおりにございます。それは三木様三十三年のご生涯を締めくくるに相応しい、真にご立派なものでございました。その折の聖言《みことば》のおおよそは、帰宅して直ぐ書き留めましてございますが、本日こうしてお招きにあずかるにあたり、その写しを取って参りました。奥方様、どうぞご覧下さいませ。（懐より、紙片を取り出し、直々玉子に差し出す）

玉子　（写しを受け取り一読するや、さも心搏たれたように）おお、またこれは、さながら右近様のお言葉を伺っているような……

佳代　お方様、三木様は、一体なんと？

玉子　（佳代の言葉にわれに返り、直ぐさま手にする写しを音読し始める）「……各々方、人は何のために生き、何のために死するべきか。富のためか、地位《くらい》のためか、さては安楽な生活《くらし》のためか。されど、それらはすべて朽ち果てるもの。貴方たちは、それらこの世の宝を、断じて追い求めてはなりませぬ。それは、この人生のあり方でも、定めでもない故に。もしも現世《このよ》の神をおのが主人《あるじ》と認めるならば、あるいはそれは、己れを崇める者たちに、多くこの世の宝を齎《もたら》すやもしれませぬ。されど、その時、その宝物を手にした者たちは、間違いなく、永遠の生命を失うことでありましょう。なれど、貴方たちがもし、目に見えぬものとその導きとを固く信じ、勇気をもって目に映るものの多くを捨て去るならば、そうするための力が授けられるばかりか、およそそれが真の価値をそなえる限り、先に捨てたすべてのものを、その幾倍にもして手許に戻され、加えて、永遠の生命をも得ることでありましょう。その時、いやその時のみ、およそ貴方たちの人生は、真の内容と不滅の価値を有することになるのです。十字架の言葉は、たとえ滅びゆくものには愚かでも、救いに与るわたしたちには、神の力であるのです」

加賀　さすが三木様は、噂に違わぬ名説教者でいらっしゃいますね。十字架にかけられながら、よくぞこれだけの内容《こと》を……。伺っていて、心底心を揺さぶられましてございます。

佳代　十字架上にあったからこそ、かくも見事なお言葉をお遺しになることが出来た、とも申せましょう。

玉子　それは、佳代殿の申されるとおりかも知れませぬ。ともかく、キリスト様は言うに及ばず、三木様のご立派な最期を思うにつけ、つくづく、本物の冠は、最高位のものに至るまで、すべて荊棘《いばら》の冠である、という気が致します。それにしても美和殿は、三木様とは大層お親しかったとか。さようなお心の支えを失って、今はどんなにお辛いことでしょう。

美和　……奥方様、ひとつお伺い致しても、よろしゅうございましょうか。

玉子　何なりと。わたくしはかねて、三木様の宣教師としての活動に興味を懐いてきたものですが、三木様の深い教えを受けた美和殿と、わたくしの腹心の友たる佳代殿や加賀殿が三年前堺で知り合い、長の歳月を経て、この度大阪の教会堂で再び相見《あいまみ》えたというのも、神の導きに相違ありませぬ。わたくしを、そなたの親しい友と思うて、何なりと仰って下さい。

美和　もったいないお言葉にございます。奥方様、それでは、そのご好意に甘えて、ひとつ伺わせて頂きたく存じますが、太閤様はなぜ、一旦ゆるめたキリシタン迫害を、あのように突然、以前にもまして強められたのでございましょう。三木様もわたしも、キリシタン禁制の全く廃されたかのようなあの八年間の平穏無事な状況を、神のご加護と、それは喜んでおりましたのに。当時は禁制の先鋒と目されていた長崎奉行寺沢広高様さえ、信徒たちの生きざまに感服し、遂には自ら受洗されたのでございます。

玉子　殿から伺った話ですが、こたびのキリシタン大弾圧が起こったについては、あの年の九月下旬、土佐沖に漂着したサン・フェリーペ号とか申す軍船に、絹布ばかりか大量の武器・弾薬が積まれていたことが、その原因でありますそうな。

美和　そうした武器の類《たぐい》が、太閤様の忌諱《きい》に触れたと。

玉子　仰るとおりです。わたくしも、先の明征伐で殿が朝鮮に渡られた折、太閤様より茶席に招かれ、直々お目にかかる機会がありましたが、あれがもしサン・フェリーペ号の一件の後であれば、生きて大阪城を出られたかどうか判りませぬ。

美和　奥方様がいま申された最初の朝鮮役も、当初の見込みとは相異なって、わずか一年ばかりで和睦となり、昨年起こった二度目の役も、大層苦戦を強いられているとの専《もっぱ》らの噂にございますが、太閤様は、いまもご健勝で？

玉子　それが、どうもそうではなさそうです。最初の役の了わり頃より、あまりご気分がすぐれぬようなことを時折伺っておりましたが、近頃は殊にお加減がおわるそうなご様子で、六月末、朝廷では、ご病気平癒の祈願のため、御神楽《おかぐら》をおあげになったとか。以来、各地の神社や寺院でも、祈願がおこなわれておりますそうな。

佳代　秀吉様には、お母上がお亡くなりになったことも、大きゅうございましょうね。

玉子　それは仰るとおりでしょう。一度目の役が始まって半年も経たぬうちに母上を亡くされ、それで殿下は戦意を喪失した、とも伺っています。ともかく、当初は大勝を博していた朝鮮役も、既に五万の戦死者を出し、国も大層疲弊しているとのこと。秀吉様も、あるいは今病床で、自らの栄耀栄華の虚しさを噛しめておいでかもしれませぬ。

美和　ほんに、奥方様の仰るとおりかもしれませぬ。出来ることなら今、太閤様に、三木様のあの最期の聖言《みことば》をお聞かせしとうございます。

玉子　もしもそれが叶うなら、秀吉様も、少しはその心を救われましょうものを。

（忠興登場）

忠興　お玉、今から登城する。直ぐに用意を致せ。

玉子　それはまた急な。殿、何事でございまするか？

忠興　先ほど、徳川殿より使いの者が参ってのう。どうやら秀吉殿が、お亡くなりになったようじゃ。

玉子　まあ！

十六　（第三幕第八場）

慶長五（一六〇〇）年六月十九日夜。舞台は前場に同じ。出陣を明日に控えた忠興と玉子が、語り合っている。

玉子　殿、明朝はいよいよご出立でございますね。

忠興　（暗い顔で俯《うつむ》き、力なく）……うむ。

玉子　宮津よりのご出兵は、今月の二十七日でございましょう？

忠興　……………

玉子　今宵はお酒《ささ》もあまりお召し上がりになりませなんだが、もしや、どこぞお身体の具合でもお悪いのでは？

忠興　……左様なことはない。身体の調子はいたってよい。

玉子　では何故、そのように暗いお顔をなさっておられまする。いつもの殿とも思われませぬが。

忠興　……お玉、そなたは何故、そのように美しゅう生まれたのじゃ。

玉子　…………

忠興　わしは辛い、そちをこの邸に残して、発っていかねばならぬのが……

玉子　わたくしとて殿とお別れするのは辛うございます。されど、ご出陣とあらば、それも致し方のなきこと。どうぞご無事でお還りなされませ。

忠興　徳川殿が会津の上杉征討に向かえば如何様《いかよう》なことになるか、そちは解っておるのか。

玉子　おそらく、その背後を石田殿が……

忠興　その通りじゃ。石田三成奴《め》が必ず背後を衝《つ》く。上杉景勝と石田は既に、徳川殿を挟み撃ちにしようと肚《はら》を合わせているはずじゃ。そのことを、徳川殿はよお心得ている。と申すより、此度《こたび》の会津征討は、徳川殿の石田に対する誘いの隙《すき》じゃ。上杉景勝に謀叛《むほん》の心ありと徳川殿に讒言《ざんげん》したのは出羽城主戸沢政盛と聞くが、戸沢殿の言葉を、徳川殿が本気で信じたか否かは判らぬ。だがその通報を、徳川殿は、石田をおびき出すための恰好の道具立てとしたのじゃ。

玉子　では、徳川様と石田殿とは、天下分け目の戦争《いくさ》を……

忠興　そうよ、その通りじゃ。常の合戦《いくさ》ならば、出陣して闘ってくれれば、それで事は済む。だがこの度は、誰しもが家運を賭けての戦《いくさ》じゃ。徳川が勝てばこの細川家は安泰、かりに石田が勝てば、滅亡じゃ。

玉子　まことに、玉にもそう思われます。

忠興　そこでじゃ、この際、徳川殿には、何としてもお勝ち頂かねばならぬ。それには、われら従者にも、細心の心配りが肝要じゃ。

玉子　はい、確かに。殿としては、徳川様の胸の中《うち》も石田殿の肚の底も、知らぬ顔で出陣せねばなりませぬな。

忠興　いかにもその通り。われらには上杉を討つ以外に他意はないという顔を、どこまでもしておらねばならぬ。でのうては、徳川殿の誘いの隙が見破られてしまう。……此度の出陣にあたっては、出来ることなら、先ずもって、そなたをどこぞへ隠したい。この春、徳川殿の差配で、石田の妹婿福原長堯《ふくはらながたか》の旧領をわしが拝領してからというもの、石田は以前にもまして、こちらを目の敵《かたき》にするようになったが、それでのうても、あの陰険きわまりない策士のことじゃ、徳川殿に追撃《おいう》ちをかける時、必ずそなたを人質にとり、わしを牽制《けんせい》するであろう故な。しかし、それは叶わぬ……

玉子　…………

忠興　そなたを逃して出陣したとあらば、われらの徳川殿への覚悟のほどを、石田は忽《たちま》ち読みとるであろうからな。……だが、同時に、邸に残って、そなたが彼奴《きゃつ》の人質になることも、断じて避けねばならぬ。

玉子　わたくしが石田殿の人質になったとあらば、徳川様も、殿の忠誠をお疑いになりましょう。

忠興　お玉、そなたは自分の言うておることが、解っておるのか。

玉子　解っております。身を隠すことも、人質に取られることもならぬとあらば、万一の時、残された方途《みち》は唯ひとつしかございませぬ。

忠興　（ぐいと玉子を胸に抱き寄せて）お玉、わしはそなたが愛しい、恋しい。かつて徳川殿に謀叛を疑われたとき、わしは忠利を人質に出してその嫌疑を晴らした。そなたは自分が徳川邸にと申したが、わしはそれをよおせなんだ。そなたには、わが子はわが身よりも愛しいかも知れぬ。されどわしには、そなたはわが子よりもなお愛しいのじゃ。そんなそなたを、嗚呼《ああ》、わしは、わしは……（声を上げて泣く）

玉子　…………

忠興　……も、もう、出陣するのはいやじゃ。どうあっても、そなたの命を護れぬとあらば、いっそわしは、今ここで、そなたと一緒に死にたい……

玉子　（両手で忠興の身体をゆっくりと離して、母親がわが子を諭《さと》すように）強い殿御は、そのようなことを仰るものではございませぬ。人間《ひと》と生まれた以上、悲劇《かなしみ》から逃れることなど、わたくしたちには到底叶わぬこと。この世では、いかに恵まれた人生にあったとて、悩みや悲哀や苦しみの方が、比べものにならぬほど多ございます。であればこそ、生きるとは、正に、絶えざる克服か屈服、いかなるものにも、それより他の道はないのです。殿にとっては、この細川のお家が第一。わたくしのことなどご心配なさらず、お心おきなくお働きなさいませ。わたくしも細川の嫁として、力の限りを尽くしまする。

忠興　わしはそなたを、そなたを死なせとうはない。

玉子　殿、神《デウス》を信ずるものには、たとえ肉体の死はあろうとも、霊魂《たましい》の死はございませぬ。

忠興　嗚呼、あの味土野に、いま一度、そなたを匿《かくま》えるものなら……

玉子　いいえ、殿。あの折殿に救《たす》けられ、わたくしは今日まで生きて参りました。殿、それだけで、玉は充分幸せにございます。

忠興　これより先も、こうしてお玉と一緒にいられるのでなければ、わしは、わしはいやじゃ。

玉子　殿、殿の身の上に、一等善きことが定められてあると、固くお信じあそばしませ。

殿のお心がいと安らかであれば、すべての悩みを免れましょう。

忠興　お玉が一緒でのうて、どうしてわしに、善きことなど起きようぞ。

玉子　もしも石田殿がわたくしを人質になさろうとするなら、わたくしは、もはやこの世に生きてはおりますまい。されど、その死もまた、わたくしにとっては生きる道。わたくしは、いつまでも、殿のお心の中《うち》に住まっております。

忠興　…………

玉子　（懐より懐紙につつんだ短冊を取り出し、つつみを取って）殿、これが今のわたくしの心持ちにございます。どうぞ、ご覧下さいませ。

忠興　（玉子から短冊を受けとるや、そこに書かれてある歌を音読しようとするが、最後まで続かない）散りぬべき時知りてこそ……

玉子　散りぬべき時知りてこそ世の中の花も花なれ人も人なれ

忠興　お玉！（そう叫んで、再度玉子を胸にかき抱く）

——幕——

十七（終幕）

序幕と同じ日の夕刻。舞台は前場に同じ。奥座敷には、玉子の侍女全員が、張りつめた表情で女主人を待ち受けている。佳代の傍らには、玉子の幼い娘多羅（十三歳）と万（三歳）が坐っている。背景にバッハの『マタイ受難曲』よりアリア「憐れみたまえ」が流れる。しばらくして、白無垢姿の玉子登場。

玉子の姿に、侍女達平伏。

玉子　（着座して）皆様、お待たせ致しました。（深々と頭を垂れる）

万　（玉子の前に走り出て）お母ちゃま、おべべが白くてきれい。どこへ、おいでになるの？

玉子　（万をひしと抱きよせて）万、そなたはかしこい児《こ》故、よくお聴き。母《かあ》さまは、この白いおべべで、天の神様のおそばへ参ります。

万　万も、お母ちゃまと一緒に、いきたい。

玉子　（万を頬ずりして）天の神様は、いま母さまにだけ、ご用なのですよ。

（二人の遣り取りを聞いていた多羅が、玉子の傍に駆け寄り、わっと泣いて、その身体にしがみつく）

万　どうして泣くの、お姉ちゃま？

玉子　多羅、泣いてはなりませぬ。そなたは万の母代りじゃ。母が孤児院の子等にしたことを、そなたは見ていたはず。多羅、そなたもどうか、この母の信じた天主《デウス》を信ずるようにに。さすれば、必ずまた会えますほどに。

多羅　（泣きじゃくりながらも、しっかりと頷いて）お母さま、多羅も、……きっと、天主さまを信じます。

玉子　多羅、よく言ってくれました。人間《ひと》にとって、一等大切なものは生命《いのち》です。されど、その生命よりも、もっと大切なものが、わたくしたちには存在《あ》るのですよ。それが、霊魂《たましい》の永遠不滅です。このことを、そなたは万に教えて下さい。

多羅　はい、お母さま。お母さまは、その生命よりも大切なもののために、天に召されたと、万に、言って聞かせまする。

玉子　よお言ってくれました。多羅、今のそなたの言葉、母への何よりの手向《たむ》けです。

（ト言って、多羅と万を両腕にしっかと抱いてから、ゆっくりと引き離す）

玉子　では佳代殿、直ちにこの二人を、教会堂に送り届けて下さるように。
佳代　え、わたしが、でございますか?
玉子　そうです。この児達の行く末は、そなたにお願いしたいのです。
佳代　畏《おそ》れながら、お方様、わたしは、お方様にお伴させて下さいませ。
（涙ながらに事の成り行きを見ていた侍女達が、膝を進めて玉子に取りすがる）
加賀　お方様、わたくしも……
霜　わたくしにも、お伴を……
澄　お伴をお赦し下さいませ!
玉子　なりませぬ。そなたたちの心のほどは嬉しくとも、ここで死ぬことは、断じてなりませぬ。わたくしたちが蘇り、再び起き上がるためには、もとより、先ず死なければなりませぬ。死は、十字架をくぐることで、復活と永遠の生命《いのち》を授けるものとなります故。されど、この世は、御教えにもあるように、わたくしたちの霊魂《たましい》が永遠不滅を実現するための戦いの場。一時《ひととき》の情にまかせて、安易に死んではなりませぬ。神《デウス》は、激しい戦いのおこなわれぬ、静謐《せいひつ》な永遠不滅など認めてはおりませぬ故。わが殿は、出陣のみぎり、たとえこの後石田殿が兵を挙げても、この邸より一歩も出てはならぬと仰せられました。殿は徳川方の急先鋒、その方の妻たるわたくしが、相手を怖れて身を隠したり、人質に捕らえられたとあらば、全東軍の志気にかかわりまする。わたくしは今ここで死すことによって、武人細川忠興の妻として、至高の功績《いさお》を立てることが出来るのです。されどそなたたちは、生きてこそ、他には企て及ばぬ業《わざ》をいとなむことが出来るはず。その見込みのあるうちは、決して死んではなりませぬ。それぞれの持ち場で、精一杯己れの任務《つとめ》に励むのです、いずれの時か、真の復活を果たすために。

侍女達　お方様！

（澄と夕が前後の見境もなく玉子にしがみつこうとし、部屋の異様な雰囲気に呆然としていた万が、彼女たちに誘われるようにワッと泣き出す）

玉子　なりませぬ、澄殿、夕殿。（二人を制する）石田殿のお使者が帰ったのは半刻以上前、もはや猶予はなりませぬ。佳代殿、さ、多羅と万をお願い致しまする。そなたには、輿入れの日より今日まで、一方ならぬお世話になりました。わけても、あの味土野での二年有余のお心づくし、忘れませぬ。多羅と万を、どうかわたくしに代わって、導いて下さるように。おお、あの喊声《かんせい》は……。さ、急いで！

佳代　……解りました。仰せのとおりに致しまする。では、これでお別れを。

玉子　（再び万と多羅を抱きよせ）幸せに……

（佳代、万と多羅の手を引いて、足速に座敷を出る。それと入換りに、少斎が敷居のところに姿を見せ、

平伏）

少斎　申し上げまする。ただ今、大阪城玉造の門が開かれ、三百人近い兵が繰り出された由にございます。お急ぎを！（そう言って走り去る。侍女達、顔を見合わす）

玉子　（凛として）さ、これでお別れ致します。長の間、そなたたちには、真にお世話になりました。今ここに、有難くお礼申します。ただ今少斎殿の言葉にあったように、ほどなく石田勢がここに攻め入って参ります。さ、急いで各々の家に立ち帰り、幸せに暮らして下さい。ここで共に学んだことを忘れず、生涯信仰を持ちつづけ、おのが務めを果たして下さるように。

侍女達　お、お方様！

玉子　さあ、早う！　わたくしの最後の命令《いいつけ》です！

（この玉の言葉に、侍女達は泣く泣く一人立ち二人去りして部屋を出てゆく。邸内にはすでに火が放たれ、玉子のいる奥座敷のそこここに、火炎の照り返しが見られるが、部屋には尚、霜と加賀の二人が残っている）

玉子　そなたたちも急いで……

霜　（身をもむようにひれ伏して）いいえ、お方様、せめて、せめて……

玉子　――では、そなたたち二人は、わたくしの最期を見届けて、殿にお知らせ下さるように。殿と子供たちへの遺書と、そなたたちへの形見の品は、教会堂にお預かり頂いておりますほどに。

（少斎、手にした白刃を背にやり、座敷に入ってくる）

少斎　奥方様、遂に石田勢が大挙して押しかけて参りました。お痛わしきことながら、お覚悟を！

玉子　長の間のそなたの忠義、忝なく思います。では、心静かに、そなたの手にかかりましょうぞ。

（玉子、そう言って威儀を正し、最後の祈りを捧げる）

玉子　（目を閉じて）尊き天地の主なる御神、聖なる御名のとこしえに尊《たっと》ばれんことを。この卑しき身を、三十八年の間、今日この日まで御護り下されましたる御恵み、心より感謝奉ります。取るに足らぬこの身に、御救いの道を示し、信ずる者とならせ給いましたる深き御恩寵、ひたすら感謝を捧げ奉ります。わたくしの気付いております罪も、気付かずにおります罪をも、すべてお赦し下さいませ。また、わたくしの心の中より、石田殿に対する恨みがましき想いを、ことごとく除いて下さり、清き、砕かれたる魂となって、御許に召されますよう、御導き下さいますように。……御恩寵によりて信仰を与え給い、御恩寵によりて信仰の死を与え給う天主《デウス》の上に、限りなき御栄えを祈り奉る。

霜・加賀　お、お方様！（嗚咽する）

玉子　（かっと目を見開いて）霜殿、加賀殿、泣いてはなりませぬ。わたくしの死は、神の恩寵によって、光栄あるものとされるのです。

少斎　（静々と玉子の許まで膝行《しっこう》し）畏れながら、奥方様、御胸を。

玉子　わかりました。（白無垢の胸もとを、ぐいと開く）

玉子　（再び瞑目して）聖名《みな》の尊ばれんことを。聖国の来らんことを、御心《みこころ》の天なるごとく地にもならんことを……（胸に十字を切る）

少斎　奥方様、それではお覚悟を。直ちにわれら、これより御伴申しあげまする。

玉子　自害は赦しませぬ。天主《デウス》のみもとに往くは、わたくし一人にとどめますように。では、早よう、少斎殿、頼みまする。

少斎　（玉子の傍により）奥方ごめん！

（少斎の白刃が、一瞬のうちに玉子の胸を刺しつらぬく）

玉子　あっ！

（玉子の叫び声とともに暗転。しばらく後、舞台に『マタイ受難曲』の合唱「われら涙流しつつひざまずき」が流れ、ややあって、舞台、青白い薄明かりのなかに浮かび上がる。そこに人はおらず、火炎の照り返しも消え、物音もしない。玉子の命を絶った場所に、上方より一条の光が射している。合唱曲は、

幕が降りた後も最後まで流れ続ける）

——幕——

自作解題

幼い頃、初めてガラシャについて聞いたのは父からであった。父は若い頃、「奥丹後随一」と言われた大秀才の伯父と較べられるのが辛かったのか、学業をよそに、旅回りの役者一座に身を投じて、日本各地を巡っていたことがあり、そうした人によくあるように、人前で自作の噺《はなし》を披露するのが大好きであった。そんな父は、病弱であまり屋外で近所の子供たちと遊ぼうとしない私に、時間を見つけては得意の物語を——時に声色をつかって——聞かせてくれた。父が多忙でその余裕のないときには、喜多流の能を学んでいた祖父が、いつも決まって謡《うたい》をうたってくれた。当時の父が取りわけ熱をいれて語った「お伽噺」は二つで、その一つは、つねに畏敬の念を抱いていた伯父の遺品の中にあった（文学を志していた伯父は、結核のため、二十歳前後で他界）、鷗外の訳になるアンデルセンの

『即興詩人』にもとづくものであり、いまひとつが、細川ガラシャの悲劇であった。本能寺の変の後玉子が幽閉された野間の味土野は、私の暮らす町にあった。父の語る「即興詩人」は、盗賊に襲われた主人公のアントニオを鞍馬天狗が救出するなどという、荒唐無稽かつ奇想天外なものであったが、他方「ガラシャ」の方は、いま思い返してみるに、かなり史実に忠実なものであった。父の「即興詩人」によって、その胸に西欧への仄かな憧れの芽生えていた私は、同じ父の熱心に語る「ガラシャ」に、高い異教の香をかいだ。味土野の「女城」の丘に建つ玉子の記念碑を初めて訪れたのは、小学校も高学年の頃であるが、美しく整備された「細川忠興夫人隠棲地」の碑を前に、私は、四百年近い昔この地に隠れ棲んだというガラシャを、なかば異国の女として夢想した。父はしばしば玉子のことを「気高い絶世の美女」と評したが、周囲にそのような女性を見ない分、ガラシャをめぐる私の夢想は、益々逞《たくま》しいものになった。絵画やテレビ・ドラマ等で出会う玉子像には、違和感を覚えることの方が多かった。ガラシャについての夢想はふくらむ一方で、その空想を具現化するほどの生彩あるイメージにはついぞ巡り会うことがなく、小学校の頃から芽生えていた、いつか自分のためにガラシャの悲劇を書きたいとの思いは、およそ叶えられそうになかった。学生時代には、味土野にほど近い、町の中学校の野間分校で一年ばかり英語の代用教員をつとめ、その間三浦綾子氏の『細川ガラシャ夫人』を耽読し、また女城にも幾度となく足を運んだが、物語を紡ぐべき私のペンは、一向動く気配がなかった。「待っておれ、それは必ず来る。遅くなるかも知れないが、待っておれ」とは、私の好きな旧約聖書の中の言葉であるが、ついにガラシャの活きたイメージに出会ったと思ったのは、八年がかりで大学を出てからおよそ十年後のことである。一九八七年の「蜷川・マクベス」英国公演の際、友人の作家フランシス・キングがその劇評をサンデー・テレグラフ紙に寄せたが、日本の安土桃山時代に舞台を移しかえたこの「マクベス」を絶讃するキングの批評を飾る一葉の舞台写真に、私は釘付けになったのである。そこには、津嘉山正種扮するマクベスの前で、さながらその愛撫の手を逃れようとでもしているようなレィディ・マクベス、すなわち栗原小巻さんの気品の高い艶姿があった。序之舞《じょのまい》を彷彿させるその華麗な演技姿を一見するや、私は思わず胸に叫んだ。「玉子だ!」。——それから九年後の一九九六年の初秋、栗原氏に直接お目にかかる機会を得たのは、玉子と縁《えにし》の深い宮津においてである。それは「蜷川・マクベス」関西公演の前年のことであった。私の「ガラシャ」は、すでに少しずつ脳裡で発酵を始めていた。

『ガラシャの祈り』は、巻頭にも明示しているとおり、三浦綾子氏の『細川ガラシャ夫人』に依拠したものである。ガラシャを主人公とする小説は、芥川龍之介の『糸女覚え書』を初めとして、三浦作品のほかにも幾つかあるが、自らキリスト教の信仰を生き、カトリシズムにおける恩寵の逆説性を深く理解する三浦氏の『細川ガラシャ夫人』は、一連のガラシャものの白眉であって、この点、芥川といえども、三浦作品には遠く及ばない。『糸女覚え書』はいかにも流麗な候文で綴られた「逸品」ではあろうけれども、ついに仏教もキリスト教も信ずることの出来なかった芥川には、結局のところ、『地獄変』の一変奏しか奏でられなかった。『ガラシャの祈り』は、そうした三浦作品に依りながら、氏が玉子の信仰を通して呈示した人間の実存的問題をより深く掘り下げようとする試みである。よって本書においては、その記述がたとえ今日史実と異なるとされている事柄であっても――たとえば味土野へ玉子が伴った侍女がキリシタンであったり、玉子がこの寒地で死産を経験していることなど――それが芸術的な必然性をそなえている場合、迷わず三浦氏の見解に就《つ》いた。また登場人物の科白についても、同じ理由から、当該場面において三浦氏のものが最適と判断されるときには、進んでこれを採った。三浦氏が作中で呈出した問題をより深化させるという私の試みが成功しているか否かは読者の判断に委ねたいと思うが、いずれにせよ、『ガラシャの祈り』は、三浦作品がなければ成立し得なかった。

　右のこととも関連するが、ガラシャのことを調べていて一番興味を惹かれるのは、自殺を神への冒瀆としてかたく禁じるカトリックに帰依していた玉子が、なぜ夫忠興の命に服して自ら死を選んだのか、という点である。「……其やうすを昌斎きき、もはやなるましきとおもひ、長刀をもち、御上様御座所へ参、唯今か御さいこにて候よし被申候、内々被仰合候事ニ而御座候故、与一郎様をくさまをよひ、一所に御はて候ハんとて、御へやへ人を被遣候へ共、もはや何方御のき候哉らん、無御座候故、御力なく御はてなされ候」とは、玉子の最期に立ち会った侍女の後年の回想である「霜女覚書」(細川家文書『綿考輯録《めんこうしゅうろく》』所収)の一節であるが、当時のイエズス会士ヴァレンティン・カルヴァーリョによる「一六〇〇年の日本年報」(同年十月二十五日付)によれば、忠興は出陣に際し、留守を預かる家臣に、以後もし玉子の名誉を損なう事態の生じた場合は、速《すみ》やかに彼女の命を断ち、ついですべての者が殉死するよう命じていた。自殺を罪悪とするキリスト教倫理と、最期の潔さを尊ぶ武家のそれとの相克は、解決するにきわめて難しい問題であって(自身が死を決意している以上、それが自殺か他殺かの議論は意味がない)、『細川忠興の妻』の岡本綺堂などは、死を決意した玉子に、「信仰あさき者とお笑いくださるな。たとい神の教えに背きましても、わたくしはやはり日本の女、武士の妻として死にまする」と言わせ、そもそもの初めから、この議論を避けている。

かかる難問に、澄明な学術的光を当てたのは、わが国の代表的なガラシャ研究者安廷《アンジョン》苑《ウォン》氏である。氏は、入信間もない玉子に、彼女の信仰上の師ニエッキ・ソルド・オルガンティーノが『こんてむつすむん地』（トマス・ア・ケンピス『キリストにならいて』）巻第二第十二章の、「一つのクルスを捨つるに於いては、又別のクルスに遭ふべきこと疑いなし。もしくは猶勝りて重きクルスもあるべし」を引いて、離婚を思いとどまらせている事実に着目し、忠興との結婚が玉子自身の十字架なのだと説得したこの司祭が、『こんてむつすむん地』の先の章に、その主題として二度にわたって引用されている「わたしについて来たいと思うなら、自分を捨て、自分の十字架を負うて、わたしに従ってきなさい」（マタイ、十六の二十四、マルコ、八の三十四、ルカ、九の二十三）を呈示し、聖書の言葉通り、自らの生命を捨てて自分の十字架を背負う、即ち忠興の妻として死ぬことは必ずしも罪には当たらないと教示し、玉子はその教えに安堵して死を迎え入れたと推論する（安廷苑『細川ガラシャ』中公新書、二〇一四年）。オルガンティーノの問題の文書は現在伝わっていないが、彼女が自らの最期についてこの司祭に書面で意見を求め、その返答に満足し、それに従う形で死んだことは、キリシタン史料から明白であり（「一六〇〇年の日本年報」）、氏の仮説は、オルガンティーノが、名誉を守るための武家の自刃は已《や》むを得ないとする見解を持っていた事実と考え合わせると、現実論としてはきわめて説得的である。三浦作品の最終章「恩寵の炎」には、「殿は、この家より一歩も出てはならぬと申しました。聖書にも『夫にはキリストさまの如く仕えよ』というお言葉がございます。わたくしは神のお言葉に従いまする」という玉子の言葉が見え、また後述するヘルマン・ホイヴェルスの戯曲『細川ガラシア夫人』の第四幕第三場には、「そうであったか……私は死ぬのを拒みはしませぬ。殿のお言いつけとあれば」という彼女の科白があるが、両者とも、あるいは安氏と同様の見解に立って上の一節を書いたのかも知れない。だが私は今回、この問題について、敢えて別の解答を試みた。すなわち、苦悩に充ちた人生を送る玉子が、ケンピスの著作を座右におき、オルガンティーノを初めとするキリシタンとの交わりを通して、先のアポリアを脱する独自のキリスト教理解に達し、その考えにもとづいて、主体的に自らの死を択び取った、とするものである。

『ガラシャの祈り』が三浦作品に依拠していることは既に述べたところであるが、本作を書くにあたって、実はいま一つ、私のきわめて強く意識した作品がある。それは、先にも触れたイエズス会士ヘルマン・ホイヴェルスの『細川ガラシア夫人』である。

ホイヴェルスは大正十二年に来日したドイツ出身のイエズス会神父であって、上智大学学長や聖イグナチオ教会の主任司祭を務める一方で、詩人、劇作家としても活躍したが、作家としての彼が、取り分けその研究と紹介に情熱をそそいだのがガラシャであった。昭和十年五月二十三日付の読売新聞に、丹後・味土野が玉子幽閉の場所であることを、現地よりの取材旅行から帰った後、「野間村の役場へ照会して、大点確証を握った」と書いた

味土野の女城に建つ細川ガラシャの記念碑
京丹後市教育委員会提供

森田草平の一文を受けて、同年八月味土野を訪れ、この地が玉子の隠棲地であることを最終的に確定したのはホイヴェルスである。因みに、細川家が、味土野の、玉子の住まいのあった土地を買い取り、村人の協力を得て、そこに記念の碑を建てたのは、その翌年のことであった。

ホイヴェルスは昭和十四年に『細川ガラシア夫人』を著したが、殊に昭和四十一年刊行のその改訂版は、小説、演劇、舞踊を初めとする戦後の一連のガラシャものに深甚の影響を与えた。三浦氏も自作の参考文献の一つに、このホイヴェルス作品を挙げている。

ホイヴェルスはくだんの改訂版に寄せた序文に、「（ガラシャの名が今日まだ世界的でないのは）彼女の歴史上の事実のごく一部分だけ、主として彼女の勇ましい最期をとりあげ、それも多くは誤った解釈によって、一つの定まった形に描いてしまったからです。わたしはこれではいけない、ほんとうのガラシアの姿を全体的に示さなくてはならないと思いました」と記しているが、この言葉は、私のガラシャに寄せる思いと同じである。ただし、これを目差す上でその呈示が必須となる、玉子にとっての信仰の意味は、その捉え方が、ホイヴェルスと私では幾分異なる。ホイヴェルス作品において、キリスト教に惹かれ大阪市街の教会へ出向いた玉子は、そこで彼女の応対に出た神父セスペデスに、自分の訪問の理由《わけ》を次のように告げる。「私たちは、ただ、この世のことが知りたいのでございます。何ゆえ、花が開き、しぼむのでございましょう。何ゆえ、人は喜び、また悲しみもいたすのでございましょう。そうして何ゆえ、私たちは生まれ、死ななければならないのでございましょう。この世は不思議ばかりでございます」。上の言葉は、ホイヴェルスがこの戯曲を書くにあたってその念頭にあったと推定されるゲーテの悲劇『ファウスト』の主人公の次の科白と照応するだろう。「世界をその最も奥深いところで統《す》べているものをこれぞと認識すること……」（相良守峯訳。後に引く『ファウスト』からの引用も同じく相良訳）。先の玉子の科白が出てくる第二幕第三場の冒頭部分は、実のところ、「陰気な壁の穴」たる書斎から出たファウストが春の市《まち》の郊外で自然と人との生命感あふれる姿に出会う第一部「市門の前」のそれと酷似しているのであるが、端的に言って、ホイヴェルスの玉子はここで、ゲーテのファウスト同様、ソクラテスの云う究極絶対の知＝「イデア」を求めているのである。ここには、自然界《マクロコスモス》と人間《ミクロコスモス》との間に相関関係を見、両者において起こる諸作用は相似的であるとする、中世ヨーロッパの錬金術的思考の名残がある。これに対し、私の玉子を信仰へと導くものは、西田幾多郎の顰《ひそ》みにならうなら、「人生の深き悲哀」である。もっとも、ゲーテのこの悲劇には、私の玉子を語るに相応しい言葉もあるのであって、有名な「すべての理論は灰色で、緑なのは生の黄金の樹《き》だけなのだ」（『ファウスト』第一部「書斎」）などはそうである。玉子がその悲劇的な人生を信仰によって支えたという事実に鑑《かんが》みれば、彼女にとってはむしろ、「すべての生は灰色で、緑なのは理論の黄金の樹だけなのだ」という方がより真実に近いであろう。しかしそれでも、私はあくまで玉子を、心の奥で、先のゲーテの箴言に共感しうる女性として描いた。

玉子の活きたイメージに出会うまでに多年を要した私であるが、『ガラシャの祈り』の執筆にあたった昨年は、その仕事をすすめるにいかにも相応しい年であった。それというのも、春には、財政難のため長く休館していた宮津市の歴史資料館が期間限定で開館し、

宮津城の普請について、明智光秀と協議のうえ工事を急ぐよう命じた、織田信長の、天正８（1580）年８月21日付の細川藤孝宛黒印状。後段では、信長自身が８月15日に大阪入りし、同地の城の大方を破壊したとの記述が見られる。宮津市教育委員会提供。

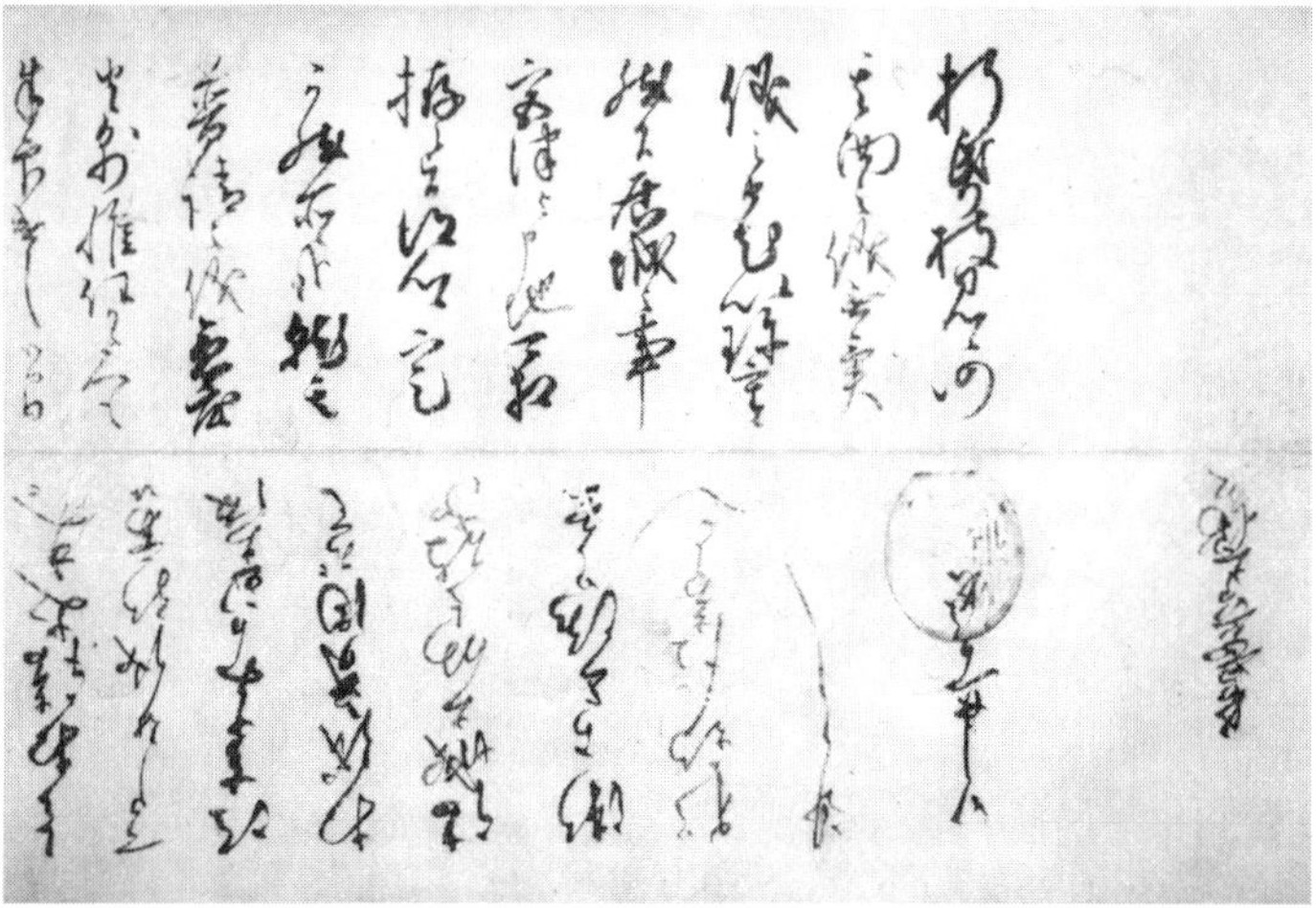

長年見たいと思っていた細川家ゆかりの品々をじっくり覧《み》ることが出来た。因みに、開館初日の四月二十八日は、奇しくも亡き父の月命日であった。また同年の夏から秋にかけては、熊本県立美術館で大規模な「細川ガラシャ」展が開催された。この特別展の図録「細川ガラシャ」はきわめて充実したもので、そこに収められた論考には教えられることが多かった。これらの論文中、安氏の既述の書の内容を敷衍した「キリシタン史料からみた細川ガラシャ」はもちろん興味深かったが、殊に、「ガラシャの生涯とそのイメージ展開」の山田貴司氏と、「明智光秀論」の稲葉継陽氏からは多くを学んだ。山田氏からは細川忠興と石田三成の対立の最大の原因——それまで私は、所謂「七将襲撃事件」を彼等の大きな反目の理由と考えていたのだが——

―を知り、稲葉氏からは、「『本能寺の変』の歴史的意味」を学んだ。両氏の明快な論旨は、直ちに、初校に反映されることとなった。これらの方々に深謝する次第である。

最後に、『郡虎彦英文戯曲全集』の時と同様、私の作品に快く出版の機会を与えて下さった未知谷社長飯島徹氏に心よりお礼申し上げる。

二〇一九年初春

横島　昇

よこしま　のぼる

1953年京都府に生まれる。1976年京都外国語大学卒業、80年同大学院修士課程修了。著書『フランシス・キング　東西文学の一接点』（こびあん書房、1995）。
訳書　フランシス・キング『日本の雨傘』（河合出版、1991）、郡虎彦『郡虎彦英文戯曲翻訳全集』（未知谷、2003）、フランシス・キング『家畜』（みすず書房、2006）

ガラシャの祈り

2019年3月 6 日初版印刷
2019年3月20日初版発行

著者　横島昇
発行者　飯島徹
発行所　未知谷
東京都千代田区神田猿楽町2丁目5-9　〒101-0064
Tel. 03-5281-3751 / Fax. 03-5281-3752
［振替］ 00130-4-653627

組版　柏木薫
印刷所　ディグ
製本所　難波製本

Publisher Michitani Co, Ltd., Tokyo
Printed in Japan
ISBN 978-4-89642-573-4　C0095